Kadokawa Fantastic Novels

登場人物介紹
Characters

薩赫洛

克拉克
諾娜

喜多力克

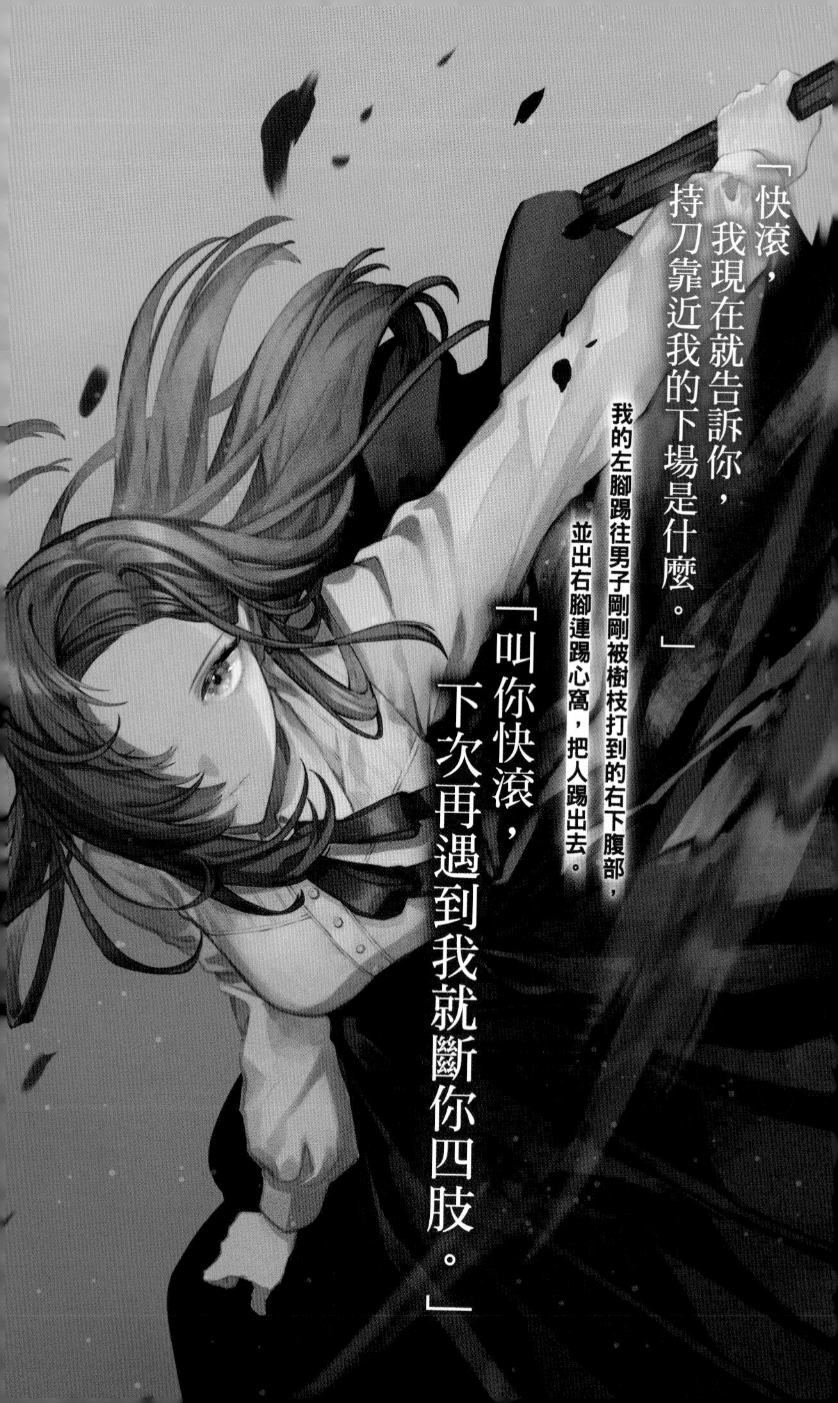

「快滾，我現在就告訴你，持刀靠近我的下場是什麼。」

我的左腳踢往男子剛剛被樹枝打到的右下腹部，並出右腳連踢心窩，把人踢出去。

「叫你快滾，下次再遇到我就斷你四肢。」

World Map
艾許伯里王國
蘭德爾王國
史巴陸茲王國
王都
哈格爾王國
西境森林
王都
牧場
公爵領地
海登
漁村
加迪斯

奇招百出的維多利亞

Vol.01

守雨

Presented by Syuu

序章 ✦ 萬全準備

我是哈格爾王國的諜報員，克蘿伊是我在組織內部的名字。

濱海有一處突出海岸的懸崖，我很中意這裡。

我攤開野餐墊，在四個角落放上石頭以免墊子飛走，接著打開了裝有午飯的餐籃。有一位農家阿伯總是會在這個時間經過此地，他從載貨馬車那裡叫喚我。

我揮揮手回應了他的叫喚，這樣他的記憶中就會留下我曾經在這裡的印象。

三明治我只吃了一片，然後就把茶倒進杯子裡放在餐墊上。等確定四下無人之後，我匍匐在懸崖峭邊伸直了手，讓帽繩鉤住下方不遠處的松樹枝。

接著我把涼鞋脫下來拋向懸崖下方的峭壁，又拆下至今為止都很珍惜的墜飾，把鍊子繫好之後奮力拉斷，同樣往剛剛的位置拋出去。

「很好。」

沒必要逗留了。拿出後背包裡的短靴穿上之後，我背向懸崖，往道路另一頭的山區前進。我再也不會回來了。

我即將離開自己鍾情的懸崖，離開自己的諜報員人生。

同一天夜裡，哈格爾王國特殊任務部隊的中央管理室亂哄哄的。

「丹，你可以去看看馬圖爾的懸崖嗎？天亮之後也檢查一下峭壁。雅各，你去確認一下警備隊有沒有什麼新消息進來。」

丹和雅各迅速走出管理室，目送他們離開的藍寇室長扶著額頭嘆了口氣。

「藍寇，克蘿伊常常去馬圖爾的懸崖對吧？」

「是啊，梅莉。那裡沒有護欄很危險的，我已經提醒過她很多次了。」

名叫梅莉的女子隻手掩住嘴邊。

「克蘿伊是不是怎麼了呢？」

「沒問題，不會有事的，我只是保險起見派人去看看而已。」

「我和你結婚好像讓她大受打擊啊。」

「不要亂說，沒有這回事，又還不確定克蘿伊是不是怎麼了。」

「可是都這麼晚了，克蘿伊卻還沒回來。」

時間已經接近晚上八點，懸崖四周應該一片漆黑。

「沒問題的，一定是哪裡搞錯了，克蘿伊是很堅強的人。」

藍寇摟住梅莉的肩膀，摸摸背安撫她。沒錯，他所認識的克蘿伊是個堅強的女人，無論在何時何地都不會示弱喊苦。

為了避免留下足跡，我先轉搭馬車繞了遠路，之後才搭上長途的共乘馬車。

我用亮眼的紅假髮藏住原本的栗子色頭髮，妝要畫濃一點，襯衫胸口處要塞進滿滿的填充物，嘴角還要點一顆痣，讓自己變身為一個遊戲人間的性感尤物。

馬車乘客包括我總共有五個人，其他四個人都是男的。我又是眉目傳情又是搔首弄姿，使盡了媚態，男乘客時不時會偷偷看我，其中一個中年男子直接找我攀談：

「小姐，妳要去哪裡？一大早就搭這種長途馬車應該是有要事吧？」

「嗯，家母身體不好，我要去探病。她自己住，所以我很擔心她的安危。」

「那真是令人擔心啊。」

所有男子都專心聆聽。

「擔心歸擔心，但是在這邊乾著急也不是辦法，所以我會讓自己別想得太負面。」

說完我從包包中拿出銀色的酒壺。

「喔，好主意耶，這是蒸餾酒嗎？」

「當然，雖然一大早的，但旅途漫長嘛，你們要來一點嗎？」

消光的銀酒壺裡面裝的是特調烈酒，酒精濃度比一般的卡爾瓦多斯更高。「大家請用。」我遞出酒壺後，他們便歡天喜地傳著酒壺輪流就口開喝。輪到我的時候，我嘴巴沾一下假裝喝了，然後傳給下一個人。

就這樣喝著喝著，有人樂呵呵地喃喃自語起來，有人陷入沉睡，整部馬車都安靜了下來。這樣一來，他們對於我的記憶不但有限，而且時間短暫。

就算想得起來，也只會記得我的濃妝、嘴角的痣和紅頭髮吧。啊，或許還有胸部。

馬車在半夜抵達目的地薩斯頓，我下了車開始步行。我打算從薩斯頓入境鄰國蘭德爾王國。

在邊境管制站，我用自己偽造的身分證順利通關。

身分證上寫著「瑪麗亞」的名字，她是一名紅髮女子，這個名字用完就可以丟了。

入境蘭德爾王國之後，我躲進掩人耳目的暗處脫掉假髮。

接著用卸妝液迅速卸除嘴角的痣與濃妝，再掏出胸口的填充物收進包包裡。

最後我用小手鏡檢查自己的儀容，雖然服裝還是同一套，不過那個花枝招展的紅髮性感尤物「瑪麗亞」從暗處走出來之後，已經變身為相貌沒什麼記憶點的棕髮女子了。

順利入境蘭德爾王國之後，我繼續換乘馬車，只有在沒馬車行駛的半夜才下榻旅館，經過二十天橫越蘭德爾王國，入境艾許伯里王國。

入境時出示的是另外一張寫著「維多利亞・塞勒斯」的身分證。

維多利亞・塞勒斯是蘭德爾王國實際存在的人物，現在下落不明。她與我同年紀，外型也和我類似，沒有什麼特徵。她已經失蹤長達十年，家庭也分崩離析。

我在失蹤者名單中看到她的資料時，心想「工作上總有一天用得到」，卻沒想到是這個用途。這次出境，文件上的紀錄就是這個人出國了。

在這個世界上，諜報員克蘿伊已經不復存在，從今天起，我打算以維多利亞之名活下去。

我在維多利亞的外型特徵欄位上，寫下了自己的特徵：棕髮棕眼、年紀二十七歲、身高一百六十五公分。

真正的維多利亞．塞勒斯比我矮一些，不過我的蘭德爾王國身分證做得很精緻，在任何人眼中都是一張正式的證件。

成為維多利亞．塞勒斯的我走出邊境管制站後旋即進入一間餐廳。

「早安，請問要點什麼？」

「我要咖啡、鬆餅、兩條香腸和荷包蛋，荷包蛋要兩顆半熟的。」

「好的，有空位都可以坐。」

點完餐後，我坐進背對著牆壁的角落座位，深吐了一口氣。此時此刻，我的前職場可能正在討論我是投崖自盡還是失足墜海的吧。

「久等了。」

桌上放著現沖的熱咖啡、發出滋滋聲的微焦香腸和熱氣騰騰的鬆餅，融化的奶油開始滲入鬆餅。

荷包蛋是半熟蛋，玻璃小盅裝著滿滿的楓糖漿。

我把楓糖漿全都淋在鬆餅上，拿起刀叉後，食慾旺盛的我開始大快朵頤。從我開始籌劃脫離組織已經過了一年，在這期間我有八個月都在限制自己的飲食。

「唉，真好吃，以後想吃什麼就能吃什麼了。」

我想要製造為失戀所苦的假象而減少進食，這段時間總是飢腸轆轆的。擔心我的藍寇一度灌我吃了促進食慾的藥，餓得昏天暗地的我還是只能死命忍耐，體重最後比平常少了八公斤之多。現在終於可以縱情吃吃喝喝了。

我好整以暇把連男人都會吃到撐的這一餐掃光，然後走在王都的街上，朝飯店前進。未來可得把我流失的肌肉練回來啊。

我進入一間開在大道上的大飯店，走向櫃檯。

「我有來信訂房，名字是維多利亞·塞勒斯。」

「塞勒斯女士，恭候大駕。您的房間在三樓，已經照您的要求，為您安排了角落的房間。」

我目前打算以這間飯店為據點安排往後的生活。我的絕活可多了，一步一步慢慢來吧。我砰一聲跳進了床鋪。

室長藍寇會持續搜查我嗎？搜查的魔掌能伸到兩個國家之外的艾許伯里王國嗎？又或者他會立刻罷休呢？

「算了算了，在這裡瞎操心只是浪費時間。」

以後我想要無拘無束、自由自在地活下去。

艾許伯里王國是我選擇的移居地，領導這個國家的王家似乎很優秀，經過好幾代都不曾涉入以侵略為目的的戰爭，只進行過防衛戰。

這裡不但外商眾多，人種也多元，就算我這種陌生人某天突然定居下來，也不會引人注目，所以我才屬意這個國家。

「要選什麼工作呢？」

八歲的我，被當時還很年輕的藍寇看中。十五歲初次上工，二十七歲前的人生都在工作。藍寇在這段期間升遷為室長。

我每個月都會為家人買點小東西，請藍寇替我把禮物和錢一起寄給他們，他檢查過確認裡面沒有信紙，就會替我寄回老家。

因為我們被規定不准和家人聯絡。

「不知道爸媽和妹妹愛蜜利會不會喜歡我的孝親禮？」這小小的期待是我在工作中的心靈支柱。就算不能通信，他至少能轉告我家人的死訊，這件事我早已確認過無數次了。

「可是沒想到大家都死了。」

我敬他如哥哥，尊他是上司，沒想到家人的死訊他瞞了我兩年之久。

直到距今一年前我才得知實情。

開始工作十八年之後，我久違地繞去了老家所在的小鎮。哪怕是遠遠瞥一眼也好，我就想見見自己的家，不，是見見家人。我喬裝後來到老家附近時，發現那裡已經變成一片空地。

我大吃一驚，經過調查才知道我家已經毀於祝融，火災發生在兩年前。

地方官員在事發當下照理說會立刻聯絡我文件上的貴族雇主。

接獲消息的貴族想必也將家人的死訊通知了組織，規則就是這樣走的，藍寇沒道理不知情，而且其他諜報員都一定會收到親人過世的通知。

（好喔，原來是這樣搞的啊。）

他分明知道我有多重視家人，這十八年間，我一而再再而三告訴他我是為了誰在賣命工作。

後來我若無其事繼續工作，發薪日之後也一如往常將我想寄回老家的木盒交給藍寇，並在他下班後跟蹤他。那天傍晚，藍寇揣著木盒離開，但是他沒有前往王都的貨物配送所。

他也沒察覺我在跟蹤，功力退步的他，讓我打從內心感到失望。

藍寇的住處不是管理職宿舍，而是高級集合住宅，大門守衛還穿著筆挺的制服。只見他打開三樓房間的窗簾和窗戶，讓空氣流通。

（是那裡嗎？）

我等他從那棟樓房走出來後，趁夜把二樓陽台和外牆的突出物當攀點爬上了三樓。先潛入其他沒有燈火的房間，再前往他的房間。

我用工具開鎖入房，那個沒有生活感的房間角落裡，堆放了二十五個我給他的小木盒。

看到這堆木盒時我的情緒差點失控，但是我馬上壓抑了自己。

現場所有的木盒都被我打開，裡面偷藏的錢也全數取回，一枚硬幣都不留。我還順手偷走了廚房的銀製餐具和金燭台，就讓他以為是小偷幹的吧。離開的路上，我把藍寇的物品全都丟進河裡。

（都是我一廂情願，他可是在諜報員組織裡飛黃騰達的人啊。）

隔天之後，我一如往常繼續工作。

每個月發薪日的隔天，我都照樣拜託他寄東西給家人，我的生活也一如往常，但是我的心意已變。家人已經不在人世，我對藍寇的信任也蕩然無存。

我開始在工作之餘蒐集他的資料，結果發現藍寇確定要和我的女同事結婚了。既然如此，我不妨將計就計。

「我的理想對象就是室長這樣的男性。」

我根本沒把藍寇當作異性看待，只是故作惆悵向其他同事吐露自己對藍寇的心意。藍寇的婚事遲早會公開，我現在先鋪路，到時候就能假裝震驚過度而輕生了。

我從藍寇和梅莉公布婚事的那天起開始減少進食，兩個月後的我在任何人的眼中應該都會很憔悴。被問到理由的時候，我無精打彩、眼眶泛淚說「我沒事」，大家都一臉同情看著我。似乎只有準新娘梅莉是例外，她可是煞費苦心在掩飾自己的志得意滿。

為什麼脫離組織要搞得這麼大費周章？

因為我的成績相當優異。

我長年保持哈格爾王國諜報員的第一名成績，顯然就算我說「我想辭職」，組織也不會輕易放行。

我原本的人生規畫是——「在第一線工作到四十多歲，之後改為培訓後進，不婚」，這也是藍寇建議我的。

然而在失去了雙親和妹妹愛蜜利之後，現在的我既沒有意願也沒有義務為組織鞠躬盡瘁，至於藍寇認不認同我都無所謂了。

但是在籌備失蹤計畫到執行的當天早上，我都還暗自等藍寇開口說：「克蘿伊，我太晚告訴妳了，其實……」等著他告訴我家人的死訊。

然而直至執行計畫的當天，藍寇都沒有告訴我家人的死訊。家人離世已三年，這段時間轉告我的機會要多少有多少。

對於藍寇而言，我不是妹妹也不是重要的下屬，只是個方便的工具。多麼可笑又空虛的一廂情願。

第一章 遇見小女孩

「好，到街上稍微晃晃吧。」

我將身上的衣服換成寬鬆方便活動的深藍色長裙及象牙白襯衫——以這種隨處可見的樸素服裝走出房間。

「路上請小心。」

在櫃檯的服務生的送行聲中，我朝市區走去。

艾許伯里王國的王都以王城為中心，粗略可劃分為東西南北區。我的所在地是南區，此區滿滿都是商店、市場和辦公室，既生氣蓬勃又很有在地感。我事前做功課時就知道外國人最多的是這一區。

餐館和攤販賣的是各國美食，走在街上四處飄香。就算我在比較晚的時間吃了豐盛的早餐，還是感覺肚子快要咕嚕咕嚕叫了。我去蛋糕店買了一個烘焙的點心，小口吃著並觀察這個街頭。

「奇怪？」

廣場角落的一張長椅上，坐著一個神情落寞的小女孩。我有點掛心，想著她是不是在等人，於是保持一段距離看了一下情況，但是似乎沒有人來找她。

要是她被壞人拐走怎麼辦？

小女孩沒有哭泣，只是愣愣坐在那裡。我有股不好的預感，無法就此視而不見，於是靠近她攀談。

「怎麼了？迷路了嗎？」

「我沒有迷路。」

「妳叫什麼？」

「諾娜。」

「諾娜家裡的人呢？」

「媽媽叫我在這裡等。」

「妳知道那是幾點的事嗎？」

「在鐘響十次之前。」

現在已經下午兩點多了，她在這裡等媽媽已經等超過四小時了嗎？是不是被遺棄了？她的身體和頭髮上有些髒汙，外出服裝也髒兮兮的。

「妳餓不餓？妳想吃什麼大姊姊幫妳買，跟大姊姊一起在這裡邊吃邊等媽媽，好不好？」

小女孩點了點頭，我牽她手引導她站起來，然後帶她去攤販那裡。諾娜似乎非常口渴，我買了兌水的柳橙汁給她，她一口氣就喝光了。

於是我再買了一杯，並且買了兩個黃瓜燒肉夾心麵包後走回長椅。

諾娜本來張開了嘴巴想要馬上開動，不過她回過神來先說了「謝謝」，然後才專心一意地吃起來。

（這下該怎麼辦。）

她媽媽恐怕是不會來了。

既然她還有禮貌懂得道謝，代表家長應該算是好好照顧過她。只是養到現在山窮水盡了，或者有了新對象就嫌小孩麻煩了。

一問之下，才知道她沒有爸爸。

「要細嚼慢嚥喔，不然會噎到。」

「好。」

「水果水還有一杯，邊喝邊吃吧。」

「好。」

「妳幾歲？」

「六歲。」

家父經商失敗的時候曾打算把我送去別人家為僕，當時年輕的藍寇找上我們家，收留了八歲的我。不對，正確來說，我是被以一筆鉅款賣出去的。但是我知道雙親是出於無奈，我對他們沒有恨，反而很慶幸自己能幫上家人的忙。

吃完麵包之後，諾娜頻頻點頭打瞌睡。

「妳等了四小時啊，好可憐。」

諾娜枕著我的大腿陷入沉睡。雖然她身上髒兮兮的，不過她有著金髮和一雙藍灰色眼睛，是個可愛的孩子。

若是被壞人盯上，肯定立刻被拐走。

幸好是我先注意到她。

我們一直在原地等著直到天色變暗，果不其然，她媽媽沒有出現。

（這孩子被遺棄了啊。）

我揹起一睡不醒的諾娜，決定尋找警備隊的警署。諾娜屆時應該會被送去安置機構吧，她會繼續在那裡等媽媽出現嗎？我邊想邊走著，猛然看到前方有個年輕男子全力往這裡衝刺。

（好危險，要閃開了。）

心中才閃過這個念頭，卻發現男子揣著的包包很明顯是女用物品，原來是搶匪啊？雖然諾娜還在我背上，但是沒辦法了。諜報員時期的我不會多事，但我現在只是善意的第三人，我決定付諸行動。之所以沒有顧慮太多，或許是因為今天是我獲得自由的第一天，內心多少有點興奮。

我做好準備，等男子經過我的瞬間就伸出腳絆倒他。砰咚！男子跌了個狗吃屎。

「好痛！」

一個體格很好的銀髮男緊追而來，制伏了搶匪。

「乖乖就範！」

銀髮高個子手上不知道為什麼有條細繩，他熟練地把男子的雙手綁在身後，然後對我道謝。

「小姐，太感謝了。」

「不會，請問你要把那個男的移交警備隊嗎？如果是的話，我可以一起去嗎？」

「咦？為什麼？」

「這孩子應該是被遺棄了。」

銀髮男看向我背後。

「是喔，那我來帶路。」

銀髮男沒有再多說什麼。一名貌似貴族的年長女性好不容易追了上來，他把包包還給她。頭髮雪白的女性優雅地鞠躬，頻頻道謝然後離開現場。

銀髮男讓被綁住的年輕男子站起來，並且替我帶路。他說自己叫傑佛瑞・亞瑟。

亞瑟先生看起來三十歲出頭，鍛鍊了一身精實的肌肉。身高約一百九十公分，體重大概八十公斤左右，身上的服飾相當高檔。有這麼好的體格，又銀髮碧眼、相貌堂堂的，經濟似乎也很寬裕，想必很有女人緣吧，而且他的聲音還極為好聽。

警備隊的警署位於市區中心，是一棟兩層高的氣派建築物。門口前方有兩名配劍站崗的守衛，一看到亞瑟先生就立正站好。

「我抓到一個搶匪，把他帶回來了。」

「謝謝團長！」

團長？警備隊的頭頭應該是隊長，所以他是騎士團或軍隊的團長嗎？他穿便服是因為今天休假嗎？

「這位小姐是？」

「她說她尋獲一名被遺棄的兒童，再麻煩你們處理了。」

警備隊員帶我往走道左邊，亞瑟先生則是帶著搶匪往右走，我們就此別過。後來我說明了尋獲的經過、出示身分證，在文件上簽了維多利亞・塞勒斯的名字，然後問了我心心念念的問題。

「這孩子今晚要怎麼辦？」

「今晚只能住在這裡了，我們會通知安置機構，不過最快也要明天才能確定收容的機構，確定了才會請負責人來一趟。」

痴痴等著母親來接自己等了一整天，晚上還要孤伶伶睡在警署嗎？我想到自己八歲時也被帶去組織的機構，在那個陌生的房間裡，害怕的我惴惴不安，在哭泣中睡著了。

「請問能不能帶她去我下榻的飯店？只要今晚就好，我初來乍到沒有保證人，但是今天我陪了她好幾個小時，把她丟在這裡我於心不忍。」

「沒有保證人嗎？嗯……妳是善意的第三人，我也很想核准，但萬一妳填寫的是不實資料，不是福錄多飯店的房客，我們就無計可施了。」

這樣說確實有道理。沒辦法了嗎？我正想打消念頭的時候，身後有人說話了。

「我幫忙確認這位小姐是不是真的下榻在福錄多飯店吧，反正今天休假。剛剛幫忙絆倒搶匪的就是這位小姐。」

「原來是這樣！塞勒斯小姐，謝謝妳的協助。那就再麻煩你確認飯店了，團長。」

「沒事，她都幫忙抓人了，讓這孩子待在寒酸的警署擔驚受怕我也很心痛。」

「不要說我們寒酸啦。」

警備隊的承辦人員苦笑說，得到核可之後，諾娜今晚可以睡在我房間了。

「我來抱那孩子吧。」

「太好了，謝謝。」

亞瑟先生輕輕鬆鬆就抱起諾娜，在抵達飯店之前，他問了我許多問題。他的聲音低沉又有磁性，讓人百聽不厭。

「小姐是從哪裡來的？」

亞瑟先生說他是保衛王都治安的第二騎士團團長，第二騎士團是警備隊的上級組織。

「從隔壁的蘭德爾王國來的。」

「妳會在這裡待到什麼時候？」

「我全家人死於一場火災，所以想來這個國家轉換心情。」

這是我預備好的答案，講的時候流暢無比。讓騎士團的團長留下好印象總是有利無弊，所以我回答時面帶笑容、語氣親切。能不說謊就盡量不說謊，一來是這樣比較好記，二來是不容易露出馬腳。

「妳很會講本國語言啊。」

「謝謝稱讚。」

我們在路上買了諾娜的換洗衣服，最後抵達了飯店。

櫃檯的男子說：「歡迎回來，塞勒斯女士。」我對他解釋了諾娜的事。亞瑟先生與櫃檯的先生似乎也有交情。

回房後亞瑟先生輕輕將諾娜放在床上，我道了聲謝，他立正站好。

「謝謝妳協助逮捕犯人並收留這孩子，那就晚安了。」

他以團長模式答謝收尾，然後就離開了，我看他離開了才鎖上門。保險起見，我將椅子的扶手緊緊卡在門把下方，然後才去擦拭身體。

我把身體擦乾淨之後，換上睡衣鑽到諾娜身邊。

肚子餓的我沒打算丟下她出去覓食，叫客房服務又太小題大作，還是耐住飢餓直接睡吧。

「晚安，諾娜。」

我小聲說完就躺了下來。維多利亞・塞勒斯的第一天實在是多彩多姿。

隔天早上我是被餓醒的，先醒來的諾娜望著我的臉。

「早安，大姊姊。」

「早安諾娜，吃早餐前要不要一起洗個澡？」

「嗯。」

我們一起走進飯店一樓的浴室，我用飯店附的肥皂洗了諾娜身體。經過全身的檢查後確定她沒有受虐的傷疤，只要知道她沒有受虐我就放心了。

我用毛巾仔細擦乾諾娜，幫她換上昨天回程買的簡單連身裙。

我還想說她怎麼什麼都沒有問，結果在飯店吃早餐的時候，諾娜就幽幽地低聲說：

「媽媽呢？」

「她好像來不了了，她是做什麼工作的？」

「不知道。」

「妳一個人的時候都在做什麼？」

「保持安靜。」

「是喔。」

她是個面無表情的孩子，或許她的成長環境不允許她流露情感吧。她媽媽恐怕不會回家了，就算回來了，我也不覺得曾經遺棄自己小孩的人能給她適當的照顧。在安置機構至少不會餓到肚子。

「媽媽在的時候妳都在做什麼？」

「保持安靜。」

「媽媽常常要妳安靜嗎？」

「嗯。」

（世界上多的是這樣不幸的孩子，不要再管她了，可憐歸可憐，我又帶不了小孩。）

我不斷說服自己。

飯店的早餐是麵包、牛奶、果醬、奶油、清淡的切絲蔬菜湯、荷包蛋和香腸。諾娜靜靜用餐，我也不發一語。

諾娜牽著我的手靜靜地跟我一起走去警署。

我們在沿路的生活雜貨店看到一條緞帶，藍灰色的緞帶與諾娜的瞳色相近，我買下一條替她綁在頭上。禮物只是用來逃避罪惡感的，不過諾娜臉色柔和了些，似乎有點開心，既然如此就當買對了吧。

「大姊姊，謝謝妳。」

諾娜在警署前沒頭沒腦道了謝。

我猶豫「在安置機構也要加油」這句話該不該說出口，最後選擇放棄，因為這孩子肯定一直都在努力。我什麼都沒有說，只摸了摸諾娜的頭。

我們手牽手進入警署時，一名年約五十的女性已經在等候了。

「啊啊，終於來了，我是南區安置機構的院長。昨晚這孩子好像是麻煩妳照顧的，謝謝妳。」

那名女性拉住諾娜的手說「來，走吧」並邁出步伐，諾娜被拉了那一下有點踉蹌，她走了幾步之後回頭看我。她的眼神，她那個眼神啊。

諾娜第一次在我面前有了情緒表現。

「等等！請等一下。」

「什麼？怎麼了？」

「我可以收養這孩子嗎？」

院長大概處理過這樣的情況，她滔滔不絕地說：

「收養？我聽說妳剛來這個國家還住在飯店，而且也沒有保證人吧？非常抱歉，我不能將這個孩子交給妳，畢竟有些人會假借收養之名進行人口販賣。啊啊，我當然知道妳不是，但規定就是規定，敬請見諒。」

她所說的全都是正確的。

但是我總覺得現在放手，以後會後悔莫及，而且她的那個眼神我大概難以忘懷吧。

「有！我有保證人！」

我請警備隊員幫忙聯繫亞瑟先生，他比我預料得更快抵達警署。

「我來當維多利亞．塞勒斯的保證人吧。」

「是喔，團長大人當保證人我就放心了。那要麻煩塞勒斯小姐在收養的文件上簽名。」

我在她出示的文件簽上「維多利亞．塞勒斯」，完成收養諾娜的程序。

諾娜沿著廣場的水池繞圈圈，時不時把手探進水裡。我坐在長椅上看著她，同時與亞瑟先生對話。

「非常抱歉在你工作中叫你過來。」

「不會，我今天比較有空，而且這孩子也是艾許伯里重要的國民。不過妳怎麼會決定要收養她？妳們昨天才第一次遇見吧？」

諾娜轉過來看我們，我笑著揮揮手，她仍舊面無表情，不過也輕輕對我揮手。

「我感覺那孩子的眼睛在說『救救我』，或許只是我的錯覺吧。不過我很久以前也看過一個有這樣眼神的女孩，覺得諾娜和她是一樣的，最後就搬出了你的名字。真的很感謝你即時趕來，你願意當我的保證人對我來說真是幫了大忙。」

亞瑟先生停頓了一下繼續說。

「其實昨晚回宿舍之後我反省了一下。」

「反省什麼？」

「總覺得妳不會丟下那孩子外出用餐，就怕妳初次來訪我國的第一晚是挨著餓入眠的。我猜想妳睡前大概也不會叫客房服務，於是自我反省了一下，認為自己至少該送上一些美食才對。」

我忍不住抬起頭看向身邊的高個子。

他全都說中了，準確到我懷疑他是不是全都看在眼裡。他似乎是個懂得讀心的人，不愧是守護王都治安的第二騎士團團長。

「團長先生，你沒什麼好反省的，我本來就不該外出，也沒打算叫客房服務，不過你全說中了。」

我擺出和善的態度對他微微一笑。

「我希望能消除自己的罪惡感，請問今晚方便請妳吃頓晚餐嗎？我也想感謝妳協助逮捕搶匪，並且收留了我國被遺棄的孩子。」

這個高個子的老實讓我忍不住噗嗤一笑。

「諾娜一起的話就可以！」

「諾娜，我們之後去找兩人生活的房子吧。如果租到有廚房的房子，我就能做菜給諾娜吃了。」

不知道諾娜平常都吃些什麼，也不知道她喜歡什麼食物，這部分讓我有點期待。

「做菜？」

「對啊，我很會做菜喔，從今天起我和諾娜就是家人了，我想做好吃的飯菜給諾娜享用。還有，以後妳叫我維多利亞吧，叫維琪也可以。」

「維琪。」

「請多指教，諾娜。今天我們一起去看房子吧，然後晚上和團長先生吃晚餐。」

「我知道了。」

諾娜依然面無表情。

其實若是工作需要，我的表情要多豐富就可以多豐富，但是在平常生活中，我不是很善於表達情感，因為我沒有受過這樣的教育。

「諾娜，我們在之後的生活中要盡情歡笑喔。」

「歡笑？」

「對啊，像這樣！」

我搔了諾娜的腰，她一開始有點驚訝，但是很快就扭動身體咯咯笑。咯咯笑的諾娜看起來就像普通的六歲小孩，非常可愛。

「諾娜，妳真的很可愛耶，要是不小心可能會被壞人拐走，我得教妳防身術了。」

「防身？」

「沒錯，就是保護自己的技術。在遭遇險境的時候不能只會驚聲尖叫或哭哭啼啼的，自己的安危要自己保護，先把防身術學起來比較好。」

「我知道了。」

「我每天都教妳一點防身術，不過在這之前我們還是要先找房子。」

「嗯！」

哪怕是小孩，絕活肯定也是多多益善。

我們跑了幾處的租屋業者，透過資料篩選出兩間後回到飯店。

就算我說「這孩子很乖」，很多房子照樣不租給有孩子的家庭，這些房東明明都曾經是小孩。

只好詛咒他們每次外出都不小心踩到狗屎。

「諾娜，我今天很晚才能去看資料上的幾間房子，所以要是妳醒來發現我不在也不用擔心，等我回家喔。」

「我要一起去。」

「時間很晚，我不能帶小孩到處跑啊。」

「……」

她不希望晚上只有自己孤伶伶的吧。

可是深夜裡帶著六歲小孩到處走，相當於上大街歡迎壞事找上門啊。

「真的不行嗎？」

「深夜很可能會遇到壞人，我自己是可以搏倒他們，但是諾娜在的話我就不好出手了吧？」

「我不想要……看家。」

也對，她老是在看家，看到最後還是被家長遺棄了啊，她怕自己再次被拋棄是正常的。

「那……我們說好，要是我說不要出聲，不管發生什麼都不要出聲。」

「我知道了。」

「我叫妳跑的時候，妳可以全力跑去躲起來，不要管我嗎？」

「可以。」

「我叫妳大喊的時候妳可以放聲大喊嗎？」

「可以。」

「叫妳不要動的時候就安靜不要有動作。」

「我知道了。」

看到諾娜那麼拚命的樣子，我也不好再叫她一個人乖乖等我回來了，假如她坐立難安跑到外面去也是另一個麻煩。就算帶著她，大部分的危機我也避得開，我以前曾經遇過害怕到動彈不得的保護者，當時在鼓勵並保護他的同時，還要一邊逃跑或戰鬥。諾娜個子小，最壞的情況就是扛著她跑而已。

唉呀，我知道在一般的生活中不會隨隨便便就和敵人開戰，更何況現在的我又沒有敵人。

「那在和團長先生吃晚餐前，我們先好好睡午覺吧。」

「嗯！」

傍晚，我們進入被窩面對面躺下，我拍拍諾娜的背部，沒想到她很快就睡著了。我悄悄離開被窩，靜靜地開始訓練自己。在為脫離組織預做準備的時候，我不但吃得少也不運動，身體徹底怠惰了下來。

做了一輪鍛鍊肌力的運動之後，我洗了熱水澡沖去汗水。

化完妝，換上橫度鄰國蘭德爾時買的連身裙後叫諾娜起床。諾娜不會哭鬧，也不像小孩一樣抱怨。

或許她是在無法做自己的環境中長大的吧。

諾娜醒了過來。

「維琪很漂亮。」

「謝謝，諾娜也來換衣服吧。」

我幫她換上從警署回來的路上買的連身裙，幫她梳頭髮。嗯，很可愛。諾娜拿起藍色緞帶，昨天她好像自動自發把緞帶小心翼翼折好放著。

「妳想綁緞帶嗎？」

「嗯，沒綁過緞帶。」

「……」

諾娜講得那麼開心反而讓人聽得辛酸。藍色緞帶在她柔軟金髮的頭上繞了一圈打蝴蝶結，她看起來就像個洋娃娃。

「團長先生可以跟這樣的美女用餐好幸福喔，諾娜，妳喜歡吃什麼？」

「圓麵包。」

「……是喔，我們以後要發覺更多喜歡的食物，每天都要吃很多美食喔，我會做菜的。」

「我想做菜。」

「好啊，我教妳，我會把我所知道的一切教給妳。」

「謝謝。」

「不客氣，諾娜，我們兩個一起過快樂的生活吧。」

不錯嘛。

有小孩在的生活比我想像得愉快許多。

時間一到，就有人來敲門了。

「來了，哪位？」

「是我，傑佛瑞．亞瑟。」

「這就開門。」

我旋即低聲對諾娜機會教育。

「就算有人敲門或事先跟別人約好了，也不可以立刻開門喔。有貓眼就看貓眼，沒貓眼就聽聲音，要記住喔。」

「我知道了。」

打開門就看到站在那裡的亞瑟先生，他身穿接近黑色的深藍西裝，比我高一個頭。

我心中再次閃過「這個人一定很多追求者」的念頭。老實說我連他已婚未婚都不知道，但反正我有個小孩要顧，大概不用想那麼遠。

「你好，團長先生。」

「嗨，妳們都很漂亮，今天晚餐想必會很愉快。」

我牽著諾娜的手，和亞瑟先生一起前往餐廳。他行走時會顧及我們的速度，真的是很貼心的人。

諾娜的步伐輕快，我也很期待這一餐。

亞瑟先生帶我們去的餐廳叫「常春藤」，外牆上一如店名覆滿了常春藤。

這裡的人也都認得他，騎士團長似乎深受王都民眾的愛戴。

不過帶位的男服務生和外場的女服務生看到同行的我和諾娜時，臉上好像閃過一絲詫異。

「這間店的人都認識你吧？帶我們來沒問題嗎？」

「我？我沒問題啊，我是自由單身漢，沒必要顧慮任何人。」

「那我就放心了，我怕想追團長先生的人對我懷恨在心。」

「沒有人想追我啦。」

不，有的，一定有很多。

亞瑟先生的語氣很直爽，這應該是他的本色吧。他把黑色正裝襯衫穿得隨性有型，散發出一股熟男的費洛蒙。

一名看起來像外場經理的男子來桌邊點餐。我和諾娜的份交給亞瑟先生決定，等前菜、白葡萄酒和水果水同時上桌，我們三個人一起乾杯。諾娜津津有味品嚐水果水的樣子好可愛。

前菜是塗了橄欖油的炙烤沼蝦串，以及香料奶油的薄片小麵包，麵包上有高檔的火腿佐香草絲。

沼蝦甘甜而美味，諾娜似乎也很喜歡，看她一口接一口吃不停。

我注視著諾娜的時候，發現亞瑟先生也在注視我。

「我哪裡不合禮儀了嗎？」

「不是，我只是覺得妳很喜歡小孩。」

「倒不是喜歡小孩，而是喜歡這個孩子。」

亞瑟先生儀態端莊，進食時也很優雅，他的家教肯定很好。

「我讓妳們配合我的時間，約在我收工後用餐，希望諾娜不會太睏。」

「我有午睡，我們還要去看房子。」

糟了，忘記要她保密了。不出所料，亞瑟先生聽了皺起眉頭。

「看房子指的是租屋嗎？用完餐之後？晚上帶著小孩很危險吧。」

「是啊，可是簽約前還是要確認一下晚上的情況，不然可能會踩到地雷。」

「那我也一起去吧，女性和小孩單獨走在夜路上太危險了。」

嗯，果然會變成這樣，畢竟他是負責守衛王都的第二騎士團團長。可是這樣我就不能在看房時把耳朵貼在房門或牆上，刺探上下左右鄰居房內的情況了。

「妳嫌我多事嗎？但是請妥協一下吧，事關妳們的安全，身為保證人的我是不會退讓的。」

「怎麼會呢？我安心多了。」

我面帶笑容，語氣和善地回答。

用餐時間進行得很順利，我內心暖烘烘，諾娜不知道怎麼吃帶骨肉時，我幫她切肉，諾娜嘴角沾上醬汁時，我幫她擦乾淨。

「這是什麼肉？」

「是香草烤小羔羊排。」

「喔。」

諾娜好像很喜歡小羔羊肉，等搬去新家後，我在家裡做給她吃吧。

吃飽之後我們離開餐廳，慢條斯理散步前往我名單裡的第一間租屋處，在路上聽到鐘響了九次。

我們抵達目的地站在建築物前方，亞瑟先生先環顧四周，檢查了附近環境。

「哪個房間？」

「是二樓角落那間。」

我指著窗戶陰暗的一個房間。

雖然很猶豫到底該不該輕易把住處透露給外人知道，但是又不太清楚平民女性應該提防到什麼地步。身為諜報員確實不該洩漏任何個人隱私，不過我想亞瑟先生也不可能闖進房間謀害我們。

懷疑亞瑟先生的一舉一動實在太愚蠢，他既非諜報員也不是暗殺者，而且以這些危險份子占全人口的比例來說，我遇見他們的機率近乎奇蹟。這樣說來，組織裡的精神科醫生好像笑著對我說過：「克蘿伊妳這十九年沒有自取滅亡，都要歸功於妳的膽識過人。」

我們去看了我名單裡的兩間租屋處。

在看第一間的時候，我站在門前優雅地側耳探查附近的情況，發現隔壁太太歇斯底里地在對其他人咆哮，諾娜也很害怕，所以不考慮這間。

去第二間時，發現樓梯散落一些垃圾，管理並不確實，這一間也不考慮。

「今晚很謝謝你，晚餐也很美味，感謝你的招待。」

「兩間租屋我都不太推薦啊。」

「是啊，我也這樣覺得，我再去找其他間。」

亞瑟先生抱起神情略帶疲憊的諾娜邁出步伐，似乎有意送我們回飯店。

「團長先生，這裡就讓我揹回去吧，晚餐不但讓你請客，還讓你陪我們看房，我不好意思再麻煩你了，今天真的很謝謝你。」

我都說得這麼明白了，亞瑟先生聽了卻露出「真受不了妳」的表情低頭看我，然後充耳不聞繼續往前走。

我滿心狐疑，只聽團長先生看著前方開口：

「妳才剛從蘭德爾王國來到這個國家，我是不知道蘭德爾的情況，但是以我國來說，女性揹著孩子走夜路實在不安全，讓我送妳們吧。」

原來如此。

「那就恭敬不如從命了，很感謝你。」

「妳好多禮啊。」

「是嗎？」

「嗯，不過妳的艾許伯里語說得很好。」

「學習語言是我的興趣。」

「冒昧請教一下，妳在蘭德爾從事的是什麼工作？」

我擺出一張天真無邪的笑容。

「很多工作喔，改天見面我們再來聊聊往事吧。」

「那就期待下次再見了。」

「嗯，好的。」

到了飯店之後，他像昨天一樣把諾娜抱上房間，這次我在房門前就抱過諾娜跟他致謝。

「今晚非常愉快，團長先生。」

「我也是，晚安。」

「晚安。」

亞瑟先生轉身離開揮揮手。我讓諾娜躺在床上，幫她換了衣服後蓋上棉被。

我先把臉湊到地板上檢查足跡。出門前灑上一層非常薄的爽身粉是我的習慣。

結果是沒有足跡，抽屜也沒有被打開的跡象。通常當然是不會有啦。

我趕緊下去一樓洗了熱水澡。

明天先來找工作吧，確定工作地點之後，再去附近慢慢找房子就好。

我衝回房間時，看到諾娜睡得很熟。

「我們兩個一起快樂過生活吧。」

我低聲對她說，只見睡夢中的她嘴角也微微上揚。但願她作的是一場美夢，但願能讓她擁有快樂的童年。

我離開原生家庭的時候，妹妹愛蜜利還在蹣跚學步。照顧諾娜的時候，我都會想到，要是當時我留在老家，大概也會這樣照顧妹妹吧。

當時我若留在老家，可以想像父母也是這樣拉拔八歲的我長大。總覺得在照顧諾娜的時候，那段珍貴的時光好像失而復得了。

才不過兩天，我就已經對諾娜投射了非常多情感。

「先找到工作吧。」

我這段時間就算不工作手頭也夠寬裕，不過還是謀個職缺比較好，最好是有那種可以在自家翻譯的差事。

認真工作的正派人士總是比較容易得到世人的信賴。我鑽到諾娜身邊，閉上眼睛。

傑佛瑞．亞瑟喝著酒沉浸在那段快樂的時光。寬敞的客廳裝潢簡單俐落，每一樣家具都是出自名匠之手的老古董。

這裡是他哥哥亞瑟伯爵家當家位於王都的宅邸。

傑佛瑞平常住在騎士團的宿舍，每星期回宅邸一次，一方面是擔心體弱多病的母親，一方面是怕母親想他。

「你回來了？」

「嗯，兄長不是正在工作嗎？」

哥哥艾德華也是一頭銀髮，兄弟倆都遺傳了亡父的髮色。四十歲的哥哥特別擔心小他八歲的弟弟，一直想照顧傑佛瑞，真的讓人很頭痛。三十二歲已經不是需要哥哥操心的年紀了，可是他費盡唇舌怎麼講都講不聽。

「聽說你難得打扮帥氣外出了一趟，對象是女性吧？」

「你是為了講這個特地跑過來的嗎？」

「別這麼排斥嘛，我很高興啊，都不知道你多久沒跟女性外出了。」

傑佛瑞不知道自己講過多少次了，現在又得重複一次，他不禁嘆了口氣。

「兄長，可不可以不要一直把我當成可憐的被害人？」

「好好好，這件事我不會再提了。」

艾德華舉起雙手做出投降的動作。

「所以呢？開心嗎？」

「對啊，很開心，我跟剛來這個國家的外國女性和她收養的六歲女孩，三個人一起快樂用餐。」

「……」

「兄長既然有繼承人，只要為繼承人操心就好，不必擔心我。明天還要早起，我去睡了。」

他說完就匆匆走去自己房間。

維多利亞．塞勒斯雖然是平民女性，遣詞用字卻很知性，身段也很優雅，而且她頗有膽識。

放眼全王都的女性，無論知不知道他是騎士團的團長，都會對他投以那種甩也甩不開的黏乎乎視線。打從少年時代就是如此，磨練出他以笑容婉拒人的高明技術。

而維多利亞不依靠他、不投以黏乎乎的視線，甚至剛入境就收養被遺棄的孩子獨自撫養，這一切都讓他覺得很新鮮，也頗有好感。獨立自主的她拜託他當保證人雖說是為了解決問題，但她本人想必是千萬個不得已吧。

只是說真是沒想到她會絆倒那個搶匪。

如果搶匪站起來攻擊她，她打算怎麼辦？纖瘦的她恐怕無法與男人搏鬥，而且背上還有一個睡著的孩子啊。

太有勇無謀了。

不過揹著諾娜面對跑過來的搶匪時，她似乎沒有可乘之機，當時他心想「啊，那名女性是習武之人」，後來覺得是自己誤會了。

一起用餐的時候，苗條的她展現出吃相豪邁爽快的那一面，遠比那些故作食量小和嬌弱的千金小姐們迷人許多。

她原本好像打算在深夜去看房子，諾娜不小心說溜嘴的時候，她應該覺得「糟了」吧。她完全不會把情緒寫在臉上，不過自己長年與街上的人民打交道，看到她些微的眼神變化，就知道她內心的驚慌。

太有意思了。

和這麼獨立自主的女性打交道雖然讓人通體舒暢，卻也讓人操心。在她熟悉這個國家、順利建構起穩定的生活基礎之前，只要她開口，他什麼忙都願意幫……

不過她應該會覺得愈幫愈忙吧。

他苦笑了一下，決定不要多事幫倒忙，畢竟她已經不斷釋放出這樣的訊息。從下榻的飯店來看，可以想像她應該不缺錢，需要保證人幫助的時候再出力，這樣的距離想必是最剛好的。傑佛瑞決定今晚是最後一次，維多利亞的事他以後不會再主動過問，因為過去的痛苦記憶一點一滴在心中甦醒了。

隔天早上，走進王城境內的騎士團建築物時，所有人都用閃閃發亮的眼睛看著他。「怎麼了？」他

一頭霧水走進自己的房間，四十多歲的女祕書看著他，臉上帶著和哥哥同樣的笑容。

「怎麼了？」

「不，什麼都沒有。」

話雖如此，她的注視還是有點溫熱。等到午餐時間進入騎士團的食堂之後，他才知道那些眼神所為何來。

「團長！我看到了！你昨晚很開心耶！」

他是第二騎士團的年輕人巴伯。原來這傢伙就是傳聲筒啊？察覺事情的始末之後，他招手叫喚巴伯過來。

「巴伯，你有空在那邊空穴來風，代表你太閒了，十三點過來鍛鍊場，我讓你進行一場久違的精實特訓。」

「咦咦咦？」

聽到這麼沒出息的哀嚎差點讓他笑出來，不過他還是守住了嚴肅的表情。

在三人晚餐之後過了三星期的某一天。

身為維多利亞保證人的傑佛瑞遵照規定，前往她下榻的飯店。「維多利亞小姐還住在這裡嗎？」他

問了之後，櫃檯的人給了他一封信。

信封上用漂亮的字跡寫著他的名字，他連忙拆信。

「傑佛瑞・亞瑟第二騎士團團長先生：

許久沒問候你了。

謝謝你在我收養諾娜的時候擔任我的保證人，你那天招待的晚膳既完美又美味。

當時我剛入境沒多久，心中頗為無助，你的友善為我打了一劑強心針，我由衷感謝你。

諾娜和我都過得很好，我順利找到工作，也租到了可以放心的房子。但是我們離開前沒能先聯繫你，還請原諒我的無禮。

聽說在這個國家，無依兒童的收養人每個月有義務向保證人報告現況，我一個月後會再奉上報告的信函，下一次就直接寄至騎士團。

現況報告到此完畢。

維多利亞・塞勒斯敬上。」

信件內容太像公務上的往來了，他的嘴角忍不住上揚。不過既然她們都好就是萬幸了。她當時根本沒有透露出任何的無助感，講這些多半只是大人的客套話。有緣天涯總會再相逢，縱使不見，一個月後也會收到報告書。

她寫的新地址位於貴族居住的東區，離他的老家並不遠。或許她找到了在貴族家包住的工作。

「我再去看看她們的情況。」

想著想著時間就過去了，他依然無法前往。

「失親兒童的收養人，每個月得向保證人提交報告書，保證人要根據報告內容前往住所查核，確認兒童情況與報告書內容沒有二致。」

查核的期限漸漸逼近了。

第二章 約拉那女士與脾性古怪的老歷史學家

約拉那女士是海恩斯伯爵家的寡婦。

丈夫病逝後，她就將當家的寶座和宅邸讓給了兒子夫妻，留在東區過著自由自在的寡婦生活。

某一天，她去參加友人的茶會，在回家路上順道前往南區的刺繡工具店。

買好的東西交給侍女拿，她自己手上只有包包，結果走沒幾步包包就被一個年輕男子搶了。男子愈跑愈遠。她一喊「小偷」，附近一名高個子男性突然拔腿開始追，約拉那女士是位個性強勢的貴婦，她不顧侍女的阻攔，小跑步追在高個子的銀髮男性身後。

搶匪在前方被銀髮男追上綁了起來，包包回到自己手上，但是返家後才驚覺自己沒有鄭重致謝。她當時驚魂未定，只有口頭道謝就走人了。約拉那女士反省自己的禮數不周，隔天前往了警備隊的警署。

「請讓我好好答謝他們。」

「團長是不收禮的，我會幫忙轉達您的謝意。」

「那至少讓我謝謝那位幫忙絆倒搶匪的小姐。」

約拉那女士問到她下榻的飯店，在飯店麻煩櫃檯的男服務員幫忙請她出來後，一名臉上帶著和善笑容的女性拉著少女的手走下樓梯。約拉那女士表示想要致謝時同樣被對方婉拒，只說「心領了」。

「既然如此，至少來寒舍用點茶和點心。」她捫心自問為何邀約的態度有點強硬，原因大概是覺得被搶劫的自己老糊塗了，過不去心裡這一關。好在對方笑說「只用茶的話沒問題」，接受了她的提議。

幾天後，這位名喚維多利亞．塞勒斯的女性牽著小孩的手來訪，她說自己是來自蘭德爾的平民。儘管是一介平民，她在貴族家的表現落落大方，品茶的動作也很優雅，或許她的家境富裕。

「妳以後有什麼打算？不會一直長居飯店吧？」

「我近期打算離開飯店去租房。」

「如果妳要租房子，不如住我這裡吧？這裡有一棟一層樓的別屋，附廚房和浴室。」

等到回過神來時，約拉那女士已經提出這個建議了。

對方不但協助逮捕搶匪，還收養照顧我國被遺棄的兒童，身為一個艾許伯里王國民，她有意對於維多利亞的義舉表達自己的感謝。

維多利亞遲疑了半晌後接受了，只提出「要簽訂正式契約」的條件，契約她會自己擬。約拉那女士心想，她想必是個很有教養的人吧。

維多利亞隔天擬好的租賃契約相當專業，租金也符合行情。貴族居住的東區租金較貴，但她似乎沒打算講價。

「唉呀！內容面面俱到，很完美的契約，我太中意妳了。」

約拉那女士說完後，將契約上的金額改為半價，與維多利亞簽訂了租賃契約。難得看到這種房東主動砍半價的契約。

從結果來說，維多利亞是相當優質的承租人，她不會呼朋喚友在家裡大吵大鬧，諾娜這名女孩也安安靜靜的，不會把房子搞得很髒亂。而且維多利亞一次預付了兩個月的租金。

若在維多利亞有空的時候約她喝茶，她也很願意陪聊天，而且還會將自己親手做的料理分送給約拉那女士，並說：「明明有廚師在，真是不好意思僭越了。」這道好看又好吃的料理是「蔬菜雞肉捲」。

蔬菜和香草的顏色是她的精心搭配，先把雞肉拍軟、煎到上色後燉煮，做出這一道蔬菜雞肉捲。

她說燉煮時加了白葡萄酒調味，雞肉捲切片的剖面也很賞心悅目。雞肉就怕煮得太柴，但是她的雞肉捲鮮嫩多汁，連老人家都能輕鬆咀嚼。蜂蜜的照燒把外層燉得微焦，香氣十足。

「這次結交的是善緣啊。對了，妳的職場近嗎？」

約拉那女士後知後覺問了這個問題，維多利亞表示自己是知名歷史學家的助手兼女傭。

「真不知道妳到底有多十項全能。」

她這麼讚嘆是有原因的。夫人在一個強風吹拂的日子從二樓天台望向庭園，結果頭上的帽子被風捲去了。帽子飄然隨風而去，卡在庭園裡的銀杏樹上繞了幾圈，帽繩纏繞在樹枝上。

「那是先夫生前買給我的帽子，雖然充滿了回憶，但是無可奈何。只能祈禱在它自己掉下來之前不要下雨了。」

維多利亞收工回家聽了夫人的說明後，回房間換上褲子，身手敏捷地爬上樹，取下帽子往下丟。那樹枝的位置比兩層樓的屋頂更高。

約拉那女士震驚到啞口無言，只見維多利亞滑下樹來。

「我本來就比較好動。」

她笑說。

這位小姐既懂貴族禮儀，又可以當歷史學家的助手，而且廚藝精湛更擅長爬樹。

約拉那女士對維多利亞中意極了。

約拉那女士的侍女蘇珊也是中意維多利亞和諾娜的其中一人。

「怎麼捨得拋棄這麼可愛的孩子，她媽媽在想什麼呢？」

她一下眼眶泛淚，一下又憤憤不平。

「夫人，等諾娜跟我比較熟之後，可以讓她住我房間嗎？這樣維多利亞小姐晚上就能外出了，她明明還年紀輕輕，卻好像完全沒有社交生活啊。」

蘇珊為維多利亞操心。

諾娜雖然是面無表情的孩子，不過蘇珊對她說話或給她小點心的時候，她的表情會柔和一些。

「妳是不是覺得自己在與不親人的小貓培養感情？」

「什麼小貓！她這麼可愛，讓我很想體驗當媽媽的感覺。」

「我們再怎麼說都是當祖母了吧。」

「夫人太直白了。」

蘇珊對於夫人的直接有點錯愕。

而維多利亞說「明天是巴納德老爺的壽宴」，於是借了廚房的大鍋子煮菜，從早上就一直飄出香噴噴的味道。

「用我們的馬車搬妳的餐點吧。」

維多利亞聽到她的提議心花怒放。

「我忘了考慮要怎麼把餐點搬過去，一直很苦惱，甚至打算叫出租馬車了。」

沒想到維多利亞還有脫線的一面，約拉那女士覺得這樣的她很可愛，也更喜歡她了。

✪ ✪

巴納德．費雪是年邁的歷史學家，脾性非常古怪。

雖然不會親力親為，不過他想在固定時間喝茶，對於泡茶方法也很講究。不管書房、客廳或家中任何角落的物品都要照他的規定擺放，位置稍有偏移，他就會不高興。

而且研究一遇到瓶頸，他為芝麻小事不高興的頻率還會提升。做這樣一個老人家的助手，沒有人能做得久，雖然是他自作自受，不過助手和傭人的高流動率仍舊讓他傷透腦筋。

就在這個時候，有人看到職業仲介所刊登的徵才機會前來面試，她就是維多利亞．塞勒斯。她不但擅長四國語言，掃除、料理等家務也難不倒她。他本來想說怎麼可能有這麼十項全能的人，沒想到她宣稱的都屬實。

「巴納德老爺，你昨天交給我的文獻，我已經翻譯完畢了。」

「一晚就完成了？」

「對，再麻煩你檢查是否有誤，我趁這個時間做完掃除工作。」

維多利亞說完便將文件交給巴納德，開始整理桌面。她的整理方法非常「內行」，她不會把疊在一起的雜亂文件弄亂順序，原本有堆成小山的三疊文獻，她依照內容用迴紋針分門別類夾著，並添上小標的標籤方便查找，然後全部疊成同一堆。

巴納德明明氣管不好，家裡卻總是堆滿灰塵，外甥女一直說他是在「慢性自殺」，但是維多利亞來了之後，家裡一直整理得井然有序、一塵不染。

才沒幾天，巴納德就心想「我可不能讓這麼萬能的助手離開了」。

一開始聽維多利亞說要帶著沒有血緣關係的孩子上工時，他還以為會搞得雞犬不寧，結果這孩子很聽話，一直在廚房角落靜靜讀書，也不嫌無聊。小孩的讀書寫字好像都是維多利亞教的。

巴納德以前一直很討厭小孩，現在卻覺得「我不討厭有家教的小孩」。

某一天，看到諾娜在幫忙維多利亞打掃時，他決定鼓起勇氣。

「妳喜歡吃什麼？」

他想到了這個問題，這也是他唯一想得到的問題，向小孩攀談對巴納德來說已經是一場大冒險了。

女孩沉吟了一會兒。

「維琪做的烤小羔羊。」

她回答道。

烤小羔羊正好是巴納德的最愛，他馬上對維多利亞說：

「妳今晚如果有空，方便在我們家做烤小羔羊嗎？妳們也可以一起享用。」他提出了一個很不像自己的要求。維多利亞說：

「啊，這是我的榮幸，我很樂意。」

她笑吟吟地回答，隨後馬上去採買了食材回來。

巴納德本來打算負擔食材費和延長時間的費用，但是……

「你讓諾娜有機會跟我以外的人用餐，所以我不能收。」

她拒絕了。不管講幾次，她都不願意收下超額的費用。

「妳還真是頑固。」

「很多人這樣說。」

這麼有人性的對話也是久違了，真是愉快。

維多利亞快手快腳做出了一桌菜，菜色是香草烤小羔羊佐紅蘿蔔、豌豆濃湯和奶香馬鈴薯泥。吃到一半，又追加一道諾娜想吃的酥脆奶油烤土司。

自從妻子過世之後，巴納德第一次在家裡吃這種大餐，也就是說已經時隔八年了。

前一任的廚師不做這麼費工的餐點，廚師辭職之後，他午晚餐都吃外食，每次外食都選類似的菜色，吃得索然無味。

維多利亞和諾娜都吃得多，聊起天來也愉快。維多利亞雖然是從蘭德爾王國來的，但是她對於這個國家的事很博學。每次巴納德談歷史時，她都聽得津津有味。

等她們兩個人收拾完東西回家之後，巴納德突然覺得家裡太過寂靜，以前他明明老是嫌他人的存在令他心煩，對於這樣的轉變，他自己也百思不得其解。

「我還以為她們不會想陪我，好在我放下矜持找她們聊天。沒想到用餐會這麼愉快，而且餐點也很好吃。」

巴納德在悄然無聲的房間中，對著妻子的肖像畫說話。

這次經驗拉近了他們的距離，後來維多利亞和諾娜時不時會和老歷史學家共進晚餐。

外甥女愛瓦每星期都會來巴納德家關心他的情況。愛瓦是他妹妹的女兒，三十多歲，生性雞婆，留著一頭偏深紅的咖啡色頭髮。

現在愛瓦打開玄關門後瞪大眼睛，她四處看過之後更加驚訝。

「家裡變乾淨了！書房原本是魑魅魍魎的窩，現在脫胎成學者的書房了啊，舅舅！怎麼會這樣？你找到新的女傭了嗎？」

「愛瓦，妳還是那麼愛大驚小怪，我去仲介所徵助手，徵到一個優秀的人。」

「助手？不是女傭嗎？」

「是精通四國語言、善於掃除，廚藝又精湛的助手。」

「舅舅，你給對方多少薪水啊？該不會只付了助手的薪水吧？」

巴納德是個吃米不知米價，而且做事不怎麼周到的男子，一如愛瓦的質疑，他只付維多利亞助手的薪水。

因此他驚慌失措地想「難道這樣很沒常識嗎」。其實妻子以前也常常唸他說：「你真是個不食人間煙火又沒常識的學者。」

巴納德摸著自己白髮叢生的棕髮，陷入了沉默。

「舅舅你想想啊，這位優秀的助手身兼三個人的職務耶，你開的薪水這麼低，人才馬上就會被其他人挖走。」

「不行啊，被挖走還得了，她不在我真的會很傷腦筋。」

「她？是女性嗎？總之讓我先見她吧，我要謝謝她並且向她道歉。」

隔天早上維多利亞帶著諾娜上工時，愛瓦出來迎接她們。她低下頭來說「非常抱歉，不食人間煙火的舅舅竟然開這麼破天荒的低薪」，並說要幫維多利亞調漲三倍薪資。

「三倍嗎？不，這樣會不會太多了？」

「不會，在妳來之前，他除了助手還聘了兩個女傭，儘管如此，房子也沒整理得那麼乾淨。他們全都做不滿三個月，而妳不但身兼三職甚至陪舅舅聊天，給妳四倍也不為過。反正舅舅也不會把錢花在其他地方，妳不必客氣。」

愛瓦的肢體語言很豐富，說著說著，手一揮就把桌上的花瓶揮倒。

坐在她對面的維多利亞面不改色，敏捷地伸出手扶住花瓶，沒有讓花瓶摔到地上。在扶起花瓶的期間，維多利亞的眼睛依然看著愛瓦。

「我們家也想聘妳這樣的人，不過舅舅不會放人吧。」

在愛瓦和維多利亞碰面之後幾天。

愛瓦通知維多利亞說要在巴納德家舉辦他的六十五歲壽宴。

「這是親人的聚會，不過到場的只有我和我家老爺麥可，以及兩個表兄弟，總共四個人。這場活動我會另外計費，可以麻煩妳籌辦嗎？不用辦得太盛大沒關係。」

「好的，只要妳不嫌棄。」

維多利亞笑吟吟地接下這份工作。身為伯爵夫人的愛瓦常常忙得不可開交，如果維多利亞可以幫忙打點好一切，愛瓦就輕鬆多了。

機緣就是這麼意想不到，參加壽宴的其中一個愛瓦表兄弟就是傑佛瑞・亞瑟第二騎士團團長，不過維多利亞到當天之前都無從知曉。

第三章 第一次野餐

傑佛瑞．亞瑟在老家準備出席舅舅的壽宴，這位身為歷史學家的舅舅是他母親的哥哥。

哥哥艾德華在客廳對他說：

「聽說舅舅聘了一個厲害的助手，愛瓦都讚不絕口。說這個人不但精通外語，又擅長各種家務，甚至毫不保留地誇獎她說自己雖然想挖角但只能割愛。」

「是喔。」

傑佛瑞不太擅長和舅舅打交道。

表妹愛瓦似乎常常去見他，不過自己一年只會去露個幾次臉。舅舅一心向學，很像典型的學者，既不食人間煙火又趾高氣揚。傑佛瑞認為那些傭人待不久是理所當然的，所以這次讓他很意外。

久久沒見，舅舅的個性顯得圓滑了許多。家中變得乾淨整潔，擺設又變回以前舅媽在世時那麼溫暖的感覺。

折疊整齊的餐巾和井然有序的餐具排放在桌上，桌花擺飾也很典雅，如同在餐廳看到的那種。

愛瓦、她的丈夫麥可以及傑佛瑞兄弟到齊後入座。

助手算準了時間，見人入座就開始上湯品，他看到這個助手時，整個下巴快掉下來，因為維多利亞・塞勒斯圍著女僕用的白色圍裙登場。

「塞勒斯小姐！」

「啊，是團長先生，好久不見了，我正想說差不多該寄報告書給你了。」

哥哥見到他們的互動後說：

「總之先開始祝壽吧。」

聽到哥哥的話，他先乾了杯。享用湯品時他不禁又瞪大眼睛。

「傑佛，這真好吃啊。」

他想說的話先被哥哥講走了，這份香菇濃湯確實很美味，上面還用鮮奶油畫出了漂亮的花紋。這樣的味道，這樣的賣相，在餐廳吃到也能讓人心滿意足。

前菜是酥脆的小麵包，上面放了醃鱒魚、洋蔥和醃蔬菜，光是這道菜就讓他欲罷不能，愈吃愈餓。醃鱒魚用了少量的蒔蘿和酸豆裝飾，這個選擇很高明，不但能去除鱒魚的腥味，更突顯出魚肉的鮮美。

主餐是皇冠羊排，帶骨的羊排排列成皇冠的形狀。羊排皇冠內側塞滿了烤珍珠洋蔥和切成圓球形的烤紅蘿蔔。柔軟的羊肉一咬就碎，噴出滿口的肉汁。羊肉的調味運用的是香草的香氣，少量的辣椒也成為味覺上的亮點，貼在側邊的堅果香氣十足，而且創造出不一樣的口感。

「維多利亞，這和之前做的不一樣吧？」

「是，巴納德老爺，我用了堅果。」

「這個版本也很美味，妳和諾娜一起吃吧。」

「不了，我們……」

聽到兩人對話的愛瓦插嘴。

「維多利亞，請妳務必入座，舅舅終於過回人類的生活了，妳功不可沒，拜託妳。」

維多利亞微笑，向廚房喚了一聲，把諾娜帶進來。諾娜手上拿著書，她比兩個月前看起來更健康可愛。如果說她是貴族大小姐，他大概不會懷疑。

話說回來，維多利亞稍微圓潤了些，體態更有女人味了，氣色也很好。

「原來妳在這種地方工作啊？」

「這樣說就太沒禮貌了，傑佛瑞。維多利亞精通四國語言，連家務都無可挑剔。」

「四國……」

哥哥興味盎然地聽舅舅與弟弟對話，此時他插嘴。

「你和她是怎麼認識的？」

於是傑佛瑞說明了兩人相識的緣由，艾德華聽了恍然大悟，他想通了，弟弟之前難得打扮出門，當時的對象就是她。

傑佛瑞在說明的時候，維多利亞察覺他獨獨避開了保證人的部分，不過她只是不發一語聽著。

愛瓦一臉茫然。

「咦咦？妳明明揹著一個小孩卻伸出腳來嗎？該說是無所畏懼，還是有勇無謀呢？」

「現在想起來確實是有勇無謀，不過這樣我才有機緣認識包包被搶的夫人，後來還承租她的別屋，那房租在東區是遠低於行情的。」

傑佛瑞加入了對話。

「東區的貴族是指哪一位的宅邸？」

「是約拉那．海恩斯夫人的宅邸。」

「是上一代海恩斯伯爵夫人的家嗎？好意外啊，她的脾氣不是很好吧？」

「不，完全不會，她待人和善，也很寵諾娜，是一位非常和藹可親的房東。」

亞瑟家兄弟和愛瓦夫妻彼此面面相覷。

「那位夫人是出了名的壞脾氣，但既然妳能把舅舅哄得服服貼貼，好像也不無可能。」

「艾德華，說什麼哄啊？沒禮貌。」

大家都笑了。諾娜聽得一頭霧水，維多利亞大致上聽明白了。不過巴納德老爺和約拉那女士的脾氣算是很好應付的了，而且愈是乖僻的人，對於自己信任的人愈是和善。

「我很幸運，來到這個國家之後遇到許多貴人，實在是很感激。」

歡樂的壽宴結束後，愛瓦和麥可離開，艾德華也對傑佛瑞說：「我們差不多可以告辭了。」

「兄長，我跟她說個幾句再走，請你先回吧。」

「喔？是喔，那我先走了。」

艾德華．亞瑟伯爵雖然一臉興味盎然，但他直接上馬車離開，什麼也沒說。

維多利亞目送他離開，放下手邊的收拾工作，對諾娜說：「妳去那邊玩，等我一下好嗎？」巴納德老爺午餐喝的酒似乎發揮了效力，他酣睡在沙發上。

玄關門外只剩下兩個人。

「要講什麼？」

「啊，上次三個人共進晚餐太開心了，希望能再一起用個餐。」

維多利亞聽了覺得內心暖洋洋的。

雖然她曾經為了獲得情報數次與他人發展出戀愛關係，但那些只是工作需要，她從來不曾把別人當作戀愛對象喜歡過。

「妳會困擾嗎？」

「不，怎麼會困擾呢？只是我的身分不該與貴族走太近。」

「我是二兒子，不必繼承家業，所以妳不需要把門戶之事想得太複雜。」

「……是嗎？」

她猛然發現諾娜打開了一條門縫，一臉擔心地看著他們。維多利亞對她微微一笑，點頭表示「我沒事」。

「現在我的首要目標是讓諾娜平安長大……」

諾娜突然過來抱住維多利亞，維多利亞溫柔地摸摸她的頭。

「……我知道了，要不然下次我們三個人一起去野餐吧？」

「維琪，野餐是什麼？」

諾娜眼睛閃閃發亮地詢問。

「真是的，你害諾娜開始期待了啊。」

維多利亞對傑佛瑞投以微嗔的目光，不過他和諾娜同樣以期待的眼神看著自己。看到他們這樣的表情，她笑著投降了。

「我明白了，我就帶便當去野餐吧。對了，你當我保證人的事被令兄知道會有問題嗎？」

「倒也不是，若是讓舅舅或愛瓦知道，感覺保證人的任務會被搶走。那野餐的日期我之後再聯絡妳，會盡量配合妳的休假。」

傑佛瑞說完便走路離開了。

一如我和團長先生在巴納德老爺壽宴的約定，我們要在兩人都休假的日子出外野餐。

雖然在野餐籃裡塞滿了三明治和水果水，但我還是有點煩惱。

我因為工作需要，曾經和一名成年男性走很近，也單獨去了野餐，但是沒帶小孩野餐過，我不清楚小孩在野餐的時候會做些什麼。我小時候根本沒有野餐的經驗。

「總會有辦法吧。」

我刻意把話說出來轉換自己的心情，然後與諾娜一起等待團長先生的到來。

團長先生自己駕了一輛小型馬車前來，我和諾娜上車後，他說「我們去單程約一小時的森林」，馬車中的諾娜比平常更興奮難耐。

「諾娜，好期待喔。」

「嗯。」

「我們要玩什麼呢？」

「爬樹。」

「諾娜喜歡爬樹啊。」

「嗯。」

我對諾娜是傾囊相授。雖然目前為止的生活是好運連連，不過我沒權沒勢，好運又不可能持久，我怕她的可愛為她帶來厄運。

只要諾娜能學，不管讀書、寫字、算數、語言、烹飪或體術我都樂意教。我既不希望諾娜選擇為了錢對男人言聽計從，也不希望她未來要賣自己的小孩。我希望她具備經濟獨立的能力，也希望她有技術能對抗用拳頭讓其他人閉嘴的那種人。沒有選擇的女性我看多了，而且我父母也是因為沒錢而不得已將八歲的我交給了藍寇。

爬樹的技能也不例外，有總比沒有好，在緊急情況下應該可以多一條活路。

我們抵達了森林，團長先生在稍微開闊一點的地方停下馬車。

「累了吧？稍微休息一下吧？」

「好，休息一下吧。」

我們坐了下來，不過諾娜似乎是第一次來這種地方，她特別興奮，一直走來走去撿石頭，撿到石頭就瞄準遠處的樹幹丟。

咚！

她不斷換位置丟出一顆顆石頭，但是每次都能打中一棵樹的樹幹。團長先生見了很吃驚，沒想到六歲的諾娜能丟中所有石頭。

「諾娜太厲害了，能丟到那棵樹那裡就已經很了不起了，她還全都打中樹幹啊。」

「維琪更厲害。」

「是嗎？維多利亞，讓我見識一下。」

「哈哈哈……我嗎？」

（我該故意失手嗎？他會看穿我的故意嗎？）

「團長先生先示範給我看吧。」

「好啊。」

團長先生開始丟石頭，他很厲害，全都丟中樹幹的同個地方。原來如此，那我丟中也沒關係吧。

我也丟了，除了故意的一次，其他全都打中了。

「諾娜和維多利亞都好厲害啊。」

「我小時候比較好動啦。」

「好動啦！」

看到諾娜開心，我也開心，她藍灰色的眼睛閃閃發亮的。

我很慶幸今天有來野餐，樂不可支的諾娜接下來脫了鞋開始爬樹。

「等等啊，再來是爬樹嗎？不要掉下來了。」

「維琪更厲害！」

團長先生一臉震驚看著我，他的目光好刺眼啊。

「我是鄉下長大的好動小孩啦。」

我講了同樣的一句話。

我沒有規定諾娜太多保密的細節，我認為少一點的規則或限制，約定才能確實被遵守。可是我現在銘記在心了，若是不細細叮嚀，興奮的孩子什麼都會說溜嘴。

「我可不爬喔，今天穿裙子。」

「我知道。」

團長先生笑說。他一笑眼角就擠出細紋來，原本嚴肅的表情變得很溫柔，而且他的聲音果然很悅耳。諾娜爬到很高的樹上，她坐在樹枝上晃動雙腳，看著下方的我們，心情很好。

「好危險啊。」

團長先生說著就往大樹走去，大概是想在她掉下來的時候接住她。我知道諾娜的能力到什麼程度，所以並不是太擔心，但還是一起走到了樹下。

「這真的也是妳教的嗎？我覺得很危險啊。」

「要是活在遠離一切危險的溫室裡，長大就會是一個只能被別人保護的女人。」

團長先生瞄了我一眼，不知道是不是聽了不高興。

「我口氣太狂妄了吧。」

「不會，我只是第一次聽到女性這樣說有點驚訝。」

諾娜順利爬下樹來的時候，我以為團長先生會叨唸她說「這樣很危險」，結果他什麼都沒說。後來我們一起玩你追我跑、一起摘花，轉眼就到了午餐時間。

「前幾天的餐點很美味，今天的三明治也好好吃。」

「謝謝稱讚。」

我今天準備的三明治有三種餡料，第一種是雞肉、蔬菜和水煮蛋，第二種是果醬和奶油，第三種是滿滿的黃芥末拌水煮豬肉和洋蔥丁。

一如我所料，團長先生喜歡的好像是雞肉蛋三明治，果醬奶油三明治則是諾娜的愛。

「原來妳是廚師嗎？還是其實妳當過學者？」

「我曾經做過廚師的工作，語言真的只是個人興趣。」

「喔？好厲害啊。」

「出身貴族的你們不是從小就要學習多國語言嗎？」

「算是吧，但妳不是平民嗎？」

「對，我家境清寒，所以十八班武藝樣樣都要學。」

「是喔。」

看團長先生眼中閃過一絲同情之色，我的內心不免有些愧疚，於是自己在心中補充道：「我的工作就是這樣啦。」

諾娜跑過來抱住坐在野餐墊上的我，雙手繞在我的脖子上。我用指尖百般疼愛地摩娑她瘦弱的手臂，對她說：

「很開心吧。」

「嗯。」

剛開始同居的時候，諾娜還會避免與我肢體接觸，不過最近她不但很愛撒嬌也願意觸碰我了。

我八歲時就離開了妹妹愛蜜利，對於她只有「很可愛」這種模糊的印象，沒有什麼姊妹互動的記憶，而諾娜如今是又像妹妹又像女兒的我的寶貝。

「她已經會黏妳了啊。」

「是啊，她真的好可愛好可愛，我都不知道小孩子這麼可愛的。」

諾娜聽了我們的對話就抓起我綁好的頭髮，貼在自己的臉頰上，這是當她開心想撒嬌時，常會出現的動作。

「能來野餐真是太好了。」

「嗯！維琪也覺得很好嗎？」

「對啊，真是太好了，很開心啊。」

諾娜收回雙手猛地跑了出去，往前方高處跳躍，「咚」一聲轉圈，順勢把上半身往下帶，將雙膝抱在胸前轉了一圈，最後雙腳漂亮落地。

唉呀呀。

她的前空翻以前沒有成功過啊，怎麼現在就成功了？小朋友在興奮的時候，能力是不是會比平常增加五成啊？

震驚的團長先生瞪大眼睛看向我。

「這也是妳傳授的？」

我苦笑著沒有回答，團長先生輕輕搖頭，看回諾娜。

野餐在留下很多快樂的回憶中結束。我們走向馬車，團長先生一腳踩在車夫席上，停下了動作。

「本來是想說我們三個自己人出門就好，不必找車夫，結果真是失策。」

「你若是累了，不如讓我做車夫吧。」

「我不是這個意思，我是想說要是車夫在，就有來回兩個小時能跟妳們聊天了。不過妳連車夫……算了，問也是白問。」

「有句話叫作『博而不精』。」

「這句話無法套用在妳身上啦。」

團長先生以慣用手小心翼翼觸碰了我束在腦後的髮，然後就坐上車夫席。

若這是工作，我只要揚起嘴角展露笑容就好，但現在的我該回以什麼表情？我也不確定。有些對象做出這種動作確實會讓我毛骨聳然，但我確定此刻我沒有為此感到不舒服。

諾娜似乎累了，她枕在我的大腿上睡去。我望向窗外，感受著這股舒適的疲勞感。

我因工作需要體驗過各種職業，也曾化身為各種階級的人。我並不討厭那個組織或那份工作，畢竟我確實幫到了家人，這十九年來我也過得非常充實有意義。

但這些年我沒喜歡過誰，也不知道真正的野餐是什麼。或許我只是沒有自知之明，倘若與從事一般職業的人相比，我大概還是有諸多不足之處吧。

不過無論不足之處有多少，以後我多的是機會彌補，沒什麼好焦急的。而且又沒人規定說圓滿的人生才高貴，顛簸的人生就很低賤。把自己的不足之處一個個補起來應該會很好玩，取得一項項新的絕活也不無樂趣。

回過神來，我才發現自己的嘴角微微上揚了。

間章 ★ 藍寇的追憶

哈格爾王國的特殊任務部隊有間中央管理室，藍寇在室長室裡將一頭亮棕髮往後撥，陷入沉思。

藍寇和克蘿伊的相遇要從他的青年諜報員時代說起。他在工作結束的回程路上，看到一名少女拿釘子在地上畫畫。他看那幅畫很精緻，覺得少女應該很聰明能幹，於是對她產生了興趣。

她有棕髮和棕眼，既不特別美，也不特別醜，這是個不會被記住的長相。

「那孩子或許很適合。」

於是他對她的父母提議「貴族的宅邸在徵傭人，可以請這孩子去幫忙嗎」，家長先是拒絕了陌生年輕男子的提議，不過他們家境似乎很窮苦，因此他一開出價碼，他們即刻同意了。

克蘿伊進入培訓所，藍寇成為她掏心掏肺的對象。克蘿伊得知正式出任務能獲得高額報酬後，自己主動參與培訓所的任務。最終克蘿伊嶄露了頭角，十五歲開始出任務，不到五年就躋身為成績最亮眼的諜報員。

某一天，藍寇聽聞了克蘿伊家人的死訊，當時她正好在處理一件大案子。

克蘿伊很愛家人，要是她為此失去平常心就麻煩了，因此他沒有轉告這件事。

沒想到需要仰賴克蘿伊能力的案子一個接一個來，他都還沒通知她家人的事，她身體就開始出問題了。等到藍寇的婚訊公開後，她更是日漸消瘦，聽夥伴說克蘿伊是因為他而失戀搞壞了身體，但是她從來沒用這種眼光看過自己，讓他實在難以相信。

他讓克蘿伊去休養，可是開始休養沒多久，她就失蹤了。

她墜崖的可能性極高，懸崖下方也找到了她的墜飾，那個墜飾是藍寇在克蘿伊初次完成任務時送給她的。

至今他們依然沒找到克蘿伊的遺體，或許是因為那裡海潮洶湧、潮來潮去得快。

高層研判「她可能是想抓住被風吹走的帽子而墜崖」，不過藍寇並沒有接受克蘿伊的死，因為她不但是精神力極其強大的女性，個性也極度謹慎。

值勤中的傑佛瑞順道來訪歷史學家巴納德的宅邸。

「這次王家要在王城主辦一場晚宴，妳可以陪我出席嗎？」

「晚宴嗎？王家主辦？這我實在無法勝任。」

「禮服或首飾我會準備，不會跳舞的話也不用跳，妳只要在我旁邊表現得很親暱就好了。」

「到底是要去做什麼？」

高個子的為難表情相當可愛，我不禁微微一笑。

「像團長先生這樣的人，還怕找不到願意接演這種角色的女性嗎？」

「拜託會對我狂送秋波的女性做這件事，豈不是自掘墳墓嗎？」

「是要我去當驅蟲劑的嗎？」

「除此之外，我還想讓不斷幫我牽線說媒的上司死心，我覺得妳可以勝任貴族大小姐的角色。」

我忍不住想嘆氣。

雖然機率極低，但在王家主辦的晚宴上仍然有可能遇到認得我的人，有些貴族或同行在各國都很活躍。假扮貴族千金是小事一樁，但我真的不願意。

我下定決心要拒絕而抬起頭時，今天造訪宅邸的愛瓦女士加入了我們的對話。

「不行嗎?妳就行行好嘛,當作是工作,我們會支付薪水和津貼。妳每天都在應付脾氣古怪的舅舅,回家還要面對脾氣古怪的老婦人吧?每天都只有工作、老人和小孩,這樣太可憐了,我於心不忍啊,妳還這麼年輕。」

「不,可是我……」

「我會照顧諾娜,妳放心交給我吧,就當作是在幫可憐的傑佛瑞一個忙。諾娜,妳跟維多利亞分開一晚沒關係吧?妳跟我一起住,來我們家吧。」

「可以,維琪,妳去陪團長先生。」

「咦咦咦?諾娜……」

現在的我已經無路可退。

我勉為其難允諾他們,這下要為當天設想一些備案了。「做最壞的打算,盡最大的努力」是我奉為圭臬的原則,剩下的只能祈禱不會遇到認識的人了。

晚上我去向床上的諾娜道晚安的時候,她還沒睡。

「諾娜,妳睡不著嗎?」

「……」

「妳其實不想看家吧?」

「我可以,我不喜歡維琪被說可憐。」

「諾娜……」

我情不自禁用雙手捧住諾娜小小的臉蛋。

「和諾娜生活很快樂，我一點都不可憐喔，愛瓦女士也不是這個意思，妳別放在心上。」

「維琪要穿禮服嗎？」

「是啊。」

「還有寶石？」

「有可能。」

諾娜聽了有點開心。

「什麼？怎麼了？」

「我想看維琪變成公主的樣子。」

「喔，好啊。諾娜，我不可憐喔，妳不要放在心上。」

「嗯。」

「那就晚安了。」

「晚安。」

愛瓦女士說「我會簡單教妳大致的禮儀」，於是我現在要接受她的指導。

我不希望每天工作結束都讓諾娜等，因此接受指導的時候，我設定自己是「教一兩次就學得會的人」。

「好厲害，為什麼妳學得那麼快？」

「其實我不是第一次扮演驅蟲劑了，但那是很久以前的事，所以我沒什麼信心。」

「啊，原來如此，是這樣啊。」

我對愛瓦女士的解釋是「以前在貴族宅邸工作的時候，我假扮過老爺的情人，替老爺趕走覬覦續絃寶座的千金們」。這件事是真的，不過當時我的目的是調查那名貴族與其他國家的哪個人勾結。

這樣解釋可能被誤以為我當的是情婦，不過我已經有心理準備，要是她認為「這種女人聘不得」，我再找其他工作就好。不過愛瓦女士聽了之後沒有改變態度，巴納德老爺也不以為意。

愛瓦女士替我測量了身體尺寸，十天後，改好尺寸的現成禮服以團長先生的名義寄到約拉那女士的宅邸。

送貨員大概以為貨品是主屋的貴族下訂的。這套淺紫色禮服的設計很典雅，領口與後背開口也很有氣質，另外還送來了一盒同樣顏色的鞋子。

侍女替我送禮服和鞋盒前來時，約拉那女士也一同跟來。

「妳跟團長先生還有來往啊？」

「不知道能不能說來往，他時不時會來巴納德老爺的宅邸。」

「這套禮服呢？」

「那是……」

約拉那女士聽了我的解釋笑瞇瞇地說：

「繞這麼多圈啊，何必找這種藉口，直接約妳出去不就得了。」

我不好說我們用過餐也去野餐過，只能不置可否地笑一笑，結果諾娜開心地報告說：「我們一起去野餐過。」

「唉呀，是這樣啊，很好啊，妳和騎士團長都單身。在這個時代，門戶之差總會有辦法解決的。」

「不，我們不是這種關係。」

「沒事沒事，人生需要愛情的滋潤，而且妳還這麼年輕。」

約拉那女士的鼓勵讓我有些疑惑。既然要扮演驅蟲劑，我們勢必會被視為一對情侶，以後可能會有很多麻煩事纏身，但既然都答應了人，我就已經做好心理準備。

「有言必有信，無信則不言」，這是我的信條。

晚宴當天我從早就在整理儀容，等待團長先生來臨。

傍晚四點，團長先生依約乘著馬車來接我，他看到盛裝打扮的我不禁眼睛一亮。

「不管怎麼看，妳都是位亭亭玉立的貴族千金啊，淺紫色很襯妳，看樣子我今晚要被嫉妒的目光圍剿了。」

「謝謝，本小姐是不會嫌稱讚太多的。」

團長先生見我故作姿態抬起下巴笑了笑。

我讓諾娜去主屋給侍女蘇珊小姐照顧，這也是諾娜自己所希望的。

「我會顧到明天早上，今晚不回來也沒關係喔。」

「約拉那女士，我會回來的。妳是要我玩得多瘋啊？」

「呵呵，路上小心，要玩得開心喔。」

約拉那女士眨眨眼送我離開，我對她鞠躬又對諾娜揮揮手，最後上了馬車。上車時，亞瑟先生伸出手攙扶我，他大大的手上有練劍長的繭，粗糙、乾燥而溫暖。

「我聽愛瓦說妳不是第一次扮演驅蟲劑了。」

「今天的驅蟲任務就放心交給我，可以先透露那位不斷牽線說媒的人是什麼大名嗎？在碰面之前我想先記起來。」

「啊，看到了我再告訴妳，他也不一定會來。」

我們聊了幾句，沒多久就抵達王城了。

王城內有許多燈火或吊或放置在地，庭園也燒著一團巨大的篝火。會場內部雖然明亮，卻顯得庭園的暗處更為漆黑。會場外的護衛士兵身穿深藍色制服，會場內的近衛騎士則是穿著全白制服配戴金飾，裝扮華麗。

場內滿滿的女賓，她們穿的禮服都像一朵朵巨大的花。連同其他國家的經驗，我是第四次出席王城的晚宴，不過這是我參加過最奢華的一場，不愧是商業大國。

我們一踏入會場就引發場內來賓一陣騷動，全場都對我們投以注目禮。有些人不著痕跡地偷瞄，有些人毫不避諱地直視。團長先生究竟多受歡迎啊？而那些注目禮同樣也投到團長身邊的我身上。

（好，開工了。）

我咀嚼這久違又舒適的緊張感，並且挺直腰桿，挽著團長的手，面帶笑容抬頭看向銀髮高個子。

「團長先生男女通殺啊。」

「我已經十年沒帶女伴出席了，大家都很震驚吧。」

「咦？」

這我就沒聽說了，十年？這樣玉樹臨風的男子嗎？怎麼會？

「亞瑟閣下，好久不見了，閣下竟然帶了女伴來，好令人意外啊。」

「沃爾德伯爵，終於出現一個讓我想相伴出席的女性啊。」

「小姐，敢問芳名？」

「小女子名叫維多利亞．塞勒斯，來自蘭德爾王國。」

「原來啊，我就想說好像沒見過妳，妳是鄰國的千金小姐啊。」

經過我們事先討論，決定將我的身分定調為「愛瓦女士嫁去鄰國的表妹生的女兒」。

「要是如實說是平民，這會變成唯一的話題，這樣維多利亞太可憐了。」

愛瓦女士對我說。

為防萬一，我身上還揣著自製的蘭德爾王國民身分證。

當我們在寒暄的時候，一名年近二十的年輕千金拉扯自己的男伴靠了過來。

她的目光強烈到讓我覺得有必要特別當心，於是我輕輕對亞瑟先生的手臂施力示意，他面向前方點點頭。

「嗨，吉爾莫伯爵千金，妳好。」

「亞瑟閣下，都說過好幾次了，喚我佛蘿倫絲就好。今晚可真難得啊。」

她說著眼睛看向我，從頭到腳把我打量了一遍，那感覺真是討人厭到極點，再說堂堂的伯爵千金，表情竟然這麼沒格調。大概是熊熊燃燒的妒火讓她忘記要努力和顏悅色吧。我決定笑著接納她無禮的目光，展現成年人的大度。

「維多利亞，這位是佛蘿倫絲．吉爾莫伯爵千金。吉爾莫伯爵千金，她是維多利亞．塞勒斯，鄰國子爵家的千金。」

「喔，鄰國啊。」

一得知我的位階較低，佛蘿倫絲小姐的目光就變得更怨毒了。

（太愚昧了，怎麼會在意中人面前直接暴露出自己個性差的那一面啊？）

「小女子名叫維多利亞．塞勒斯，艾許伯里王國的千金都高雅又敦厚，真讓人感激不盡。」

「呵。」

團長先生強忍住笑意，大概是發現我話中的挖苦之意。

「她是我很重視的女性，希望妳們好好相處啊。」

團長先生說著摟住我的肩膀，在我頭髮上落下一吻。

「什麼！」

佛蘿倫絲小姐嚇得呆若木雞，而且氣到臉和脖子都紅了起來。

團長先生長達十年未偕女伴赴宴，他做出這樣的舉動時，也引起一旁打量的群眾軒然大波。我對他的舉動固然意外，不過事前討論時他本來就說過「希望妳跟我扮演兩個情投意合的人」。

「唉呀，傑佛瑞真是的。」

所以我甜蜜蜜地嬌嗔了一句，上半身稍微後仰，選了個適合的角度抬頭看團長先生，讓其他人看清楚我發自內心的喜悅表情。

而團長先生低頭看我的視線更是又甜又蜜，害我都緊張了一下。

「我們先告辭了。」

團長先生說完，離開了眼睛快要噴出火來的千金。他帶著我在會場內到處打招呼，不過強行說媒的上司似乎還沒有出現。

最後身為王族代表的王太子殿下登場，王太子殿下有著金髮碧眼，渾身散發出一種令人感到壓迫的「寧靜」感。

在簡單致詞後，他和一位看起來像王妃殿下的女性在眾人面前展現舞姿，隨後便加入了談笑生風的行列。來賓們開始跳舞，我們也一起加入。高個子的團長先生跳舞時很優雅，而且他善於帶舞，讓我很好配合。

「我聽愛瓦說妳舞技也很精湛，果然是真的，每次見到妳都有驚喜。」

「謝謝，團長先生的上司是哪位？」

「就是剛剛跳舞的王太子殿下。」

「啊……」

我對團長先生回以敬佩的微笑，心中卻相當意外。（近衛騎士團就罷了，你明明是第二騎士團啊！王太子殿下也這麼青睞你嗎！）在驚訝的同時，我的眼睛緊盯著一名男子。

他是白制服的服務生，但是他從剛剛就沒有做自己分內的工作，而是在找人，他的銀托盤上有許多裝了酒的酒杯。

大型晚宴的會場偶爾會有可疑人士趁亂混入，可是王城實在不太可能發生這種事。一般人要經過嚴格的身分查驗才能在王城工作，而且新人不會被派任到重要的晚宴。

看男子的動作是外行人，而外行人潛入這種場合的目的有限。我一瞬間想裝作不知道，但是馬上打消了這個念頭，這個場合還是交給團長先生處理好了。

我對團長先生的手臂施力示意。

「怎麼了？」

「你右斜後方的人明明是服務生，可是他從剛剛就沒有在工作，是想偷千金小姐們的寶石嗎？可是在王城有可能發生這種事嗎？」

團長先生自然地帶我轉了半圈，讓自己面向男子，他觀察了一下之後點頭。

「他好像在找人。」

我也邊跳舞邊看那個男人，他突然往某個方向前進，可能是發現目標了。

我的眼珠轉啊轉，尋找男子可能逃走的路線。

「維多利亞，抱歉，我過去一下。」

「好，慢走。」

不愧是團長先生，他注意到男子準備下手達成目的。

他之所以選擇在戒備森嚴的晚宴下手，恐怕是因為別無其他場合可以接近目標。

落單的我以旁人看起來很自然的速度走向露台，然後從露台下到庭園，我判斷男子可能經過什麼地方，並蹲在一棵大樹的暗處。會場的明亮反而突顯出樹木茂密處的陰暗有多濃。

等了一會兒，會場傳來幾個女性的尖叫與玻璃杯破裂的聲音。

可惜了，團長先生，你沒抓到人吧？

在明亮的會場光照射下，一個黑影跳了出來。

男子跳越露台的扶手蹲低跑步，他手腳俐落準備脫下服務生的外套，一邊往我這裡跑。一如我所料，全白的制服太顯眼，他會盡快脫下。

趁現在。

我站起身提高禮服裙襬，男子就在我眼前，正準備將手抽出外套，我一個迴旋踢，踢中他的側腦杓。接著以迅雷不及掩耳的速度架住男子的肩膀，膝蓋撞擊他的腹部，讓他向前倒下，然後使出重力加速度的手刀攻擊他的頭頸部。整個過程只有三、四秒吧，男子「唔」了一聲往前倒在地上。

我用最快的速度離開歹徒身邊，蹲低跑步往後看的時候，發現很多男子從露台跳了下來，歹徒大概會在沒有意識的狀態下被逮捕吧。

我做了幾次深呼吸，等調整好呼吸後若無其事回到會場。剛剛拉開序幕沒多久的晚宴就此泡湯了，我看團長先生東張西望的樣子，於是靜靜走過去叫了他。

「我搭馬車回去。」

「啊，太好了，妳在這裡啊，回程用我的馬車吧。我還不能回去，之後見了。」

我是否該叫他保密，不要說出是我提醒他注意可疑男子的？不，還是算了，這樣反而啟人疑竇。

會場的一角散落著凌亂的玻璃杯碎片，還有灑落一地的酒水和食物，狀況相當慘烈。我跟著散場的人潮出了會場，雖說犯人已經落網，但是這裡的警備負責人應對上未免太鬆散，我也樂得走人。倘若負責人是我，我一定不會放過任何人，每一個都要問訊。

找到亞瑟家馬車的我要上車時，車夫憂心忡忡詢問：

「會場好像有騷動，請問怎麼了嗎？」

「發生了一點事，已經搞定了。我路上想先換個衣服，希望能繞去南區的店家。」

「遵命。」

車夫可能很疑惑「回家而已為什麼要換衣服」，但伯爵家的傭人就是不一樣，就算心裡疑惑也不會多嘴。

我在南區看到一間服飾店符合需求，於是叫住車夫下了馬車。

「你到這邊就可以了。」

我看車夫欲言又止的樣子，多塞了些小費要他離開。好久沒有涉身犯險了，我不想直接回家面對諾

娜，我覺得她對這些小地方很敏感。

我在平民服飾店買了件樸素的深藍色連身裙，並換掉了原本的禮服，我向店家說禮服明天再來取，然後付款結帳。

服飾店這條街後面還有一條巷子，那裡有間酒吧。我推門進去，慶幸店裡剛好空蕩蕩的。我在陰暗的酒吧裡選了隱密的座位坐下，來點餐的男性似乎是老闆，我說「我要這邊推薦的蒸餾酒」。

我有種暢快的滿足感。

預測接下來的情況然後成功先發制人時有種成就感，在那個時刻四周的動靜都像是慢動作，也讓我緊張又刺激，這些感覺都好久沒有經歷了。

老闆才把烈酒放在桌上，我就一口氣乾了，並對剛剛轉過身的老闆說「再來一杯一樣的」。留著小鬍子的黑短髮老闆回過頭，瞥向瞬間空了的玻璃杯後回說「好」。

（原以為自己工作都是為了家人和藍寇，但其實我也喜歡那份工作啊。）

事到如今我當然沒打算回去當諜報員，現在的我有諾娜，我想和她一起生活。

第二杯酒上桌的時候我決定細細品味，等心情稍微冷靜下來後就付款離開。小鬍子老闆以滄桑的嗓音招呼說「歡迎下次光臨」。

我邊走邊回想剛剛的事。

我阻撓歹徒是不想讓他下手殺人。

當下我無從得知他在找的對象是好人壞人，但在明知可能有人被殺的情況下我卻只是隔岸觀火，幾天後才發現「被殺的是好人」，縱使是膽識過人的我也會懊悔不已。在深切的懊悔中遭受強烈的良心譴責這件事，我已經體驗過了。

而且外行人的殺意通常與私仇脫不了關係，就算成功殺了人，引發私仇的事件依舊是既定事實，不會從記憶中消失，根本沒有人會因為殺死了痛恨的對象而將自己遇過的慘事忘光光。我知道幾個為了私仇而痛下毒手的人，他們在往後的人生中依然如槁木死灰。

沒有讓男子逃之夭夭則是為了我自己。

那個庭園的圍牆很高，想翻越只能靠唯一一棵與圍牆有點距離的大樹，身手矯健的男子只要爬上樹應該就能翻越高牆。圍牆對面是別棟的區域，晚宴舉辦的時候，別棟區不是空無一人就是鮮少人影，若他落地失敗可能雙腳骨折，但只要沒有受傷，順利脫逃的可能性雖低卻不是零。

而且那個地方是死路，沒有派駐衛兵在看守。他雖然是外行人，設想還是很周到。

如果被他溜走了，為了釐清男子的真實身分，所有來賓勢必都會受到盤查。我既是首度出席的外國人，又是假扮貴族的平民，連身分證都是偽造的，要是遭到徹查對我極為不利。我若是負責人，一定徹頭徹尾把我這個人查清楚。

反過來說，倘若男子落網、動機也水落石出，無關緊要的我就不太可能被徹查身分。我邊想邊走路回家，到家時約拉那女士看著我。

「為什麼妳自己走路回來？」「為什麼這麼早回家？」「為什麼不是穿禮服？」

她對我展開連珠砲的問題轟炸。

我度過了一個就各方各面來說都相當充實的夜晚。

傑佛瑞出席了國王陛下召開的緊急會議。

與會者有國王、大王子康萊德、二王子喜多力克、宰相、第一騎士團團長、人事負責人、被盯上的麥凱那侯爵和第二騎士團團長傑佛瑞，總共八人。

會議中首先說明了今晚事件的始末，主持會議的是康萊德大王子。

「麥凱那侯爵，對於犯案動機，你心裡有譜嗎？」

「我什麼都想不到，歹徒可能是被誰聘來的吧，但是我想不到我得罪過誰。」

年過五十的麥凱那侯爵體格雄壯，他挺直了腰桿，語帶困惑地回答。

「但是萬萬沒想到我會為陛下主辦的晚宴造成這麼多麻煩，在此致上我最深的歉意。若第二騎士團團長沒有趕來，我現在……」

「應該沒命了吧，他持有一把餵毒的小刀。」

聽到大王子所言，在場與會者的臉色都一沉。

「傑佛瑞，你是什麼時候注意到他的？」

「最先注意到他的不是我，是我今天的女伴。我們共舞的時候，她說『有個服務生從剛剛就沒在工作』，我一看，發現他的形跡確實可疑，好像要橫越會場衝向什麼地方，我就追了上去。」

大王子雙手十指指頭不斷互相敲擊。

「原來如此，是這名女性提醒你的嗎？」

「是。」

「歹徒一年前就在王城裡工作了，為他寫介紹信的是艾爾得男爵，目前已經派士兵傳喚男爵進城，但介紹信中稱歹徒是男爵的自己人，信恐怕也是買來的吧。」

人事負責人是名壯年的男子，當時他沒有察覺蹊蹺，現在聽了只能用手帕擦拭冷汗。

「其實第一個跳進庭園的警備兵是個夜間視力很好的男子，他趕到倒地歹徒的身邊時，隱約看到一個跑步離去的女性背影。」

「女性？」

「讓歹徒昏倒的是女性嗎？」

此話讓所有人都很震驚，全場譁然。

「警備兵並沒有親眼看到她打倒歹徒，他一路從會場、露台追進庭園，歹徒只有跳進庭園的那幾秒離開過他的視線，可是他找到人時，歹徒已經失去意識了。就算是男人都很難讓另一個男人瞬間失去意識，因此也有可能是警備兵看走眼了，或者那名女性只是碰巧在場嚇得逃走而已。」

「但是肯定有人把歹徒打倒在地吧？」國王問。

「那名女性的特徵是？」近衛騎士隊長問。

「那名女性跑走時和警備兵已經相隔一段距離，而且四下漆黑，因此除了禮服之外，沒能看到更多的細節。」

康萊德大王子惋惜地回答。

傑佛瑞靜靜聽著，腦中卻浮現維多利亞的面孔。注意到歹徒動靜的是她，他想起她揹著諾娜絆倒搶匪的樣子，那時的她毫無破綻。

「我們得先調查歹徒的背景，麥凱那侯爵，方便再借用時間談一下嗎？」

「當然可以。」

近衛騎士團即第一騎士團，麥凱那侯爵回應了團長的請求。

除此之外沒有更多的消息，會議到此解散，幾個人快步離開房間處理自己分內的工作。留在房間裡的只剩下國王、兩名王子、宰相和傑佛瑞五個人，傑佛瑞是看到大王子的眼神示意才留下來的。

康萊德大王子首先打破沉默。

「傑佛瑞，我總覺得那名女性就是你的女伴，我在其他人面前沒有提，但是目擊的警備兵有努力辨識她禮服的顏色，應該是淺紫或淺水藍色，他自己也不太確定是哪一色。但是你的女伴穿的是淺紫色禮服吧？而且她很早就注意到歹徒的動靜了吧？這位千金是何方神聖？」

「我最近才認識她，芳名維多利亞．塞勒斯。」

「可以說一下你們怎麼認識的嗎？」

傑佛瑞認為實話實說才不會害到維多利亞，於是他先向國王陛下和兩位殿下謝罪，坦承是自己讓平民的她假扮貴族出席。

「這種時候就不管這些了，你不必在意，可以講一下你們相遇的詳細經過嗎？她靠近你有沒有可能是別有所圖？」

傑佛瑞應國王的要求，把自己休假那天的事從頭到尾說明清楚。

事情從揹著少女的她絆倒搶匪開始，然後他們在舅舅家重逢，最後又邀她出席今天的晚宴。

大王子康萊德殿下聽完點頭沉吟。

「原來如此，聽起來是很偶然的相遇，主動出擊的反而是傑佛瑞啊，應該不是她別有所圖。」

「什麼主動出擊……」

「不管誰聽了都會說是你主動出擊吧，很難得啊，為什麼？」

「……她不會對我投以不舒服的目光，讓我很自在。更重要的是，身為女性的她活得獨立自主，甚至收養了其他國家的遺棄兒童，她的毅然決然……」

「讓你愛上了？」

國王打斷了他，用詞直接坦然，他也老實點頭承認。

「……是。」

大王子深深嘆了一口氣，盯著傑佛瑞看。

「之前不管我搓和什麼良緣給你你都一概拒絕，偏偏這次愛上的是一個棘手人物啊，傑佛瑞。」

「之前真的非常抱歉，不過她不是什麼棘手人物。」

「王兄，我也想會會她，如果打倒歹徒的是她，她的武藝肯定很高超。」

說出這句話的是對於體術和劍術都很有自信的喜多力克二王子。

「會會之後要做什麼？跟你無關吧？」

「就很好奇她的武藝啊。」

「不要鬧了，喜多力克。」

「拜託不要，殿下。」

國王和傑佛瑞同時勸阻他。

「陛下、康萊德殿下，兩位好像認為她是別人的手下，倘若真是如此，她又何必收留小孩讓自己的工作綁手綁腳的？」

「你說的也有道理，傑佛瑞，你和她走得近我不會過問，但是如果有疑點就向我報告。」

「……是。」

「團長不願意的話，我願意接下這個任務。」

「請容我拒絕，喜多力克殿下，我會守著她的。」

在場的五個人到此解散，傑佛瑞離開房間。

國王陛下回到自己房間後，小聲吩咐跟在他身後的宰相。

「派在蘭德爾王國的人調查維多利亞·塞勒斯這個人。」

間章 ★ 傑佛瑞的追悔

「王兄，放任之前說的那名女性不管沒問題嗎？」

「照傑佛瑞的說詞判斷，她應該是清白的，但是她打倒男子的動機不明。為了傑佛瑞好，我會派人監視她，他原地踏步十年之久也算是我的錯，黑臉讓我來扮，你不必擔心。」

兩位王子雖然都金髮碧眼，五官也很相似，兩人的個性卻有天壤之別。

二十五歲的大王子康萊德個性深謀遠慮，為人敦厚，而二王子喜多力克正當弱冠之年，個性開朗又活潑。

大王子所說的「我的錯」與十年前那場戰爭有關。

當時西方民族揚言要「討回我們被搶走的聖地」，進攻了艾許伯里王國的西境。

西境有一片深邃遼闊的森林，以前艾許伯里與森林另一頭的國家之間沒有明確的國境。

後來經過雙方商討界定了國境線，艾許伯里拓荒團便在這一側進行了開墾。

那片土地經過開墾之後終於有了豐盛的收成，結果西邊的國家竟然宣稱「那片森林是原住民的神聖土地」。

艾許伯里王國當然不肯退讓半步，兩國點起了戰火。

參戰的包括初次上戰場的大王子，以及當時是第一騎士團團員的傑佛瑞。

他們從戰爭初期就取得壓倒性的勝利，當人人都覺得勝券在握時，內部對於後續的作戰計畫產生意見分歧。

當時有兩個策略，一個是「在敵軍獲得援軍前發動夜襲、直搗黃龍」，另一個是「敵軍有主場優勢，夜間進軍太危險，最好等日出再發動總攻擊」。

兩個策略各有利弊，眾人無法達成共識，營長顧及首戰的王子，請示了他的意見。

大王子沉思了半晌，決定選擇趁援軍來之前夜襲的策略，但是身為連長的凱薩反對王子的決策。

「殿下，若敵軍已經預料到夜襲的可能，這次行動不只會讓我軍傷亡慘重，出師不利的結果就是敵我難分，有可能打到自己人，請殿下三思。」

凱薩雖然直言上諫，不過康萊德思量再三，仍舊維持原案的夜襲。

當天夜裡，早已料到有夜襲的敵軍弓箭手從高台上進攻，行軍中的艾許伯里軍受到箭雨的洗禮，傷亡者無數。

康萊德大王子雖然安然無恙，但是凱薩從上方以身體護住大王子時，卻有好幾把箭深深刺進了他的背部。

箭雨雖然造成莫大的傷亡，但是艾許伯里軍的猛烈反擊還是贏得最後的勝利，守住了拓荒地。

連長凱薩的遺族只有雙胞胎妹妹凱瑟琳一個，他們的父母不久前才相繼病逝，凱瑟琳等於在一年內失去了所有家人。

但是凱瑟琳聽聞凱薩壯烈犧牲後一直表現得很冷靜，方寸不亂。

很多人對她敬佩不已，說「不愧是騎士世家的千金」。

然而在長年照護病人累積的疲勞和相繼失去雙親的低潮中，凱瑟琳又與雙胞胎哥哥天人永隔，這一連串的悲劇已經讓十八歲的她內心悄悄被侵蝕。

凱瑟琳的未婚夫是時年二十二的第一騎士團團員傑佛瑞・亞瑟。

傑佛瑞知道雙胞胎兄妹的情誼比親子更緊密，因此凱旋歸來之後一直很擔心未婚妻。

戰場上的他一直在大王子附近作戰，也親眼目睹了凱薩的臨終。

凱薩在移動中就已經中箭吐血，他是自知為時已晚才飛身護住王子。

傑佛瑞打算等過一段時間凱瑟琳精神穩定之後，再把這悲壯的死法告訴她。

但是前來悼唁的來賓偷偷洩漏了戰地的情況給她，而且內容還似是而非。

「王子急著在首戰旗開得勝，因此強推不可能的夜襲策略。」

「連長凱薩一開始就反對王子的作戰計畫。」

「連長為了保護王子而飛身護住他，最後戰死沙場。」

傑佛瑞既不知道這種空穴來風的謠言存在，更不知道凱瑟琳已經信以為真。

在葬禮結束十天左右，大王子康萊德召見凱瑟琳和傑佛瑞進王城，為的是「當面向凱薩的妹妹謝罪」。

康萊德大王子清場之後站起身，對凱瑟琳低下頭來。

「非常抱歉。」

見到這一幕的傑佛瑞內心五味雜陳。

凱薩戰死本來就不是王子的責任，而既然王子都低頭了，無論凱瑟琳內心作何感想，她都沒有不接受的權利。

傑佛瑞心想：「王子本就不需要道歉，就算要有所表示，好歹也等到她撫平內心傷痕再說。」不過王子當時年僅十五，設想不夠周全也怪不了他，傑佛瑞猜想陛下大概也不知道今天有這一場會晤。

凱瑟琳連忙站起來說「殿下，請抬起頭」，並往前走了一兩步。她和藹地微笑，伸出手來眼看就要碰到殿下。傑佛瑞見到此舉心想「觸碰殿下太無禮了」，原本有意勸阻，卻發現她手中藏了什麼東西。

他默默衝過去壓制住自己的未婚妻，強硬扳開她的手時，只見一把銳利的小刀。他們是應王子之邀而來，沒有經過身體檢查就放行了，也招致了這場意外。

傑佛瑞撞到桌子讓杯盤噹啷作響，騎士聞聲衝了進來。他火速藏起自己沒收的小刀，只報告說「她身體不舒服」，強硬把凱瑟琳抬去醫務室。

被抬去醫務室的凱瑟琳坐在沙發上既不哭泣也不發怒。她只是靜靜坐在那裡，一雙玻璃珠般的眼睛好像在看著他，眼中卻沒有他，傑佛瑞這才發現她已經崩潰了。傑佛瑞沒想到她如此無法接受雙胞胎哥哥的死，又如此無法原諒王子。

凱瑟琳直到當天都在複誦「家兄為保護殿下而戰死，應該是死而無憾了」，傑佛瑞深感懊悔，怪自己不該相信這番說詞與她故作堅定的笑容。

對王族亮刀這件事只有殿下和傑佛瑞知道，衝進來的四名騎士或許也感覺事有蹊蹺。事情一旦公諸於世，凱瑟琳就是唯一死罪。

幸好殿下決定保祕處理，凱瑟琳就此直接被送回家。傑佛瑞對宅邸裡的人說「她需要近乎軟禁的注意和監視，然後也叫醫生過來」，自己也請了幾天假，連日住在她家裡。

「凱薩的死不是殿下的錯。」

他如實陳述了無數次戰況，凱瑟琳卻只露出空洞的表情。

就在傑佛瑞回到崗位的隔天，凱瑟琳走上了絕路。他聽說「凱瑟琳自盡了」時萬念俱灰，當下的絕望感至今依然牢牢烙印在他腦中。潦草的遺書中只寫著「我去找家人了」。

在凱瑟琳死後，傑佛瑞以私人因素為由，向騎士團自請離職。他認為當時一同進城卻沒能料到她的犯意也是他的責任，他想一併引咎辭職。

但是在國王的判斷和大王子的慰留之下，他的辭職沒有通過，而是改派到第二騎士團，主要任務是保衛王都治安，就這樣做到了現在。

「我不但沒察覺她的痛苦，也沒能讓她依靠」，他的悔恨與自責歷經十年歲月依然是盤據心底的黑色硬塊，沒有消失。

想不到某一天，「獨立自主的女人」維多利亞揹著諾娜出現在傑佛瑞的生命之中。

第五章 晚宴事件的始末

「維琪！維琪！」

「嗯？啊，抱歉，什麼事？」

「維琪怎麼了？」

諾娜憂心忡忡盯著我的臉看，我原本在教她要怎麼縫布，現在已經停下手邊動作陷入沉思。

「沒什麼啊，別擔心。」

晚宴已經是幾天前的事了，但其實我的心情還停留在那一天。

「來，我教妳怎麼把這兩塊布縫起來。」

「嗯……」

諾娜又拿起布和針開始縫製，但是臉色有些氣餒，她是個敏感的孩子啊，我後悔自己剛剛的行為。

「諾娜，對不起，我剛剛在發呆。」

「維琪像媽媽一樣，媽媽也不動了。」

「嗯？可以跟我說說是什麼意思嗎？」

我總覺得這話不能聽了就過去，於是鼓勵諾娜說出來。諾娜語氣凝重，斷斷續續說出了自己母親的事。

我花了一些時間把事情問出來，她說她母親會在半夜回家，一覺到將近中午才勉強爬起床，天色暗下來後又出門去，在這樣的生活中撫養諾娜。

不過從某個時候開始，她母親像剛剛的我一樣愣愣地想事情，發愣的時間漸漸變長，家事也不做了，最後她終於在那一天帶諾娜去廣場。

「我去買點東西，妳在這裡等著。」

她說完之後離開，再也沒有回來。

我聽了辛酸不已，緊緊抱住諾娜。

「抱歉，我不會再想東想西了，而且我不會丟下諾娜自己跑掉，絕對不會！」

諾娜聽了搖搖頭。

「不是，維琪，不是。」

「不是什麼？我不會再讓諾娜操心了。」

「維琪，妳為什麼發呆？跟我說。」

諾娜直視著我，她的眼神很認真，感覺可以一眼看穿我的謊言。

「妳想知道嗎？我不清楚諾娜媽媽在想什麼，我就老實說自己的情況吧。這對諾娜來說或許不怎麼愉快，妳願意聽嗎？」

諾娜點點頭凝視著我。

「王城的晚宴上有一個怪人，他好像打算要傷害別人，團長先生要抓他的時候被他溜走了。我先繞去他可能逃走的路線上埋伏，然後使出迴旋踢和膝擊制伏了他。」

「……好厲害，維琪好厲害！」

諾娜的眼睛閃閃發亮，眼神中充滿了敬佩。不過制伏他純粹是出於私利，她的敬佩使我無地自容。

「然後啊，以前有壞人靠近我都會打倒他們，最近倒是在想好像該收手了，不戰而逃可能會比較好，不然一旦開打就可能害諾娜遭遇危險。」

諾娜稍微思考了一下。

「我們一起的時候沒辦法開打嗎？」

「嗯，我不想讓諾娜遇到危險，對我來說，保護諾娜比打倒壞人重要太多太多了。」

諾娜不發一語盯著布料和針線。

「諾娜？怎麼了？」

「我不喜歡維琪忍耐，維琪好可憐。」

「諾娜，最重要的是妳，我不可憐啊，這個妳能諒解吧。」

「不要，我不喜歡維琪忍耐。」

小孩大概有小孩自己不想讓步的堅持吧。

然而我既不可能又要保護諾娜又重操舊業，也沒打算主動扮演正義的使者。現在的我，只是需要一些時間消化當時的情緒而已。

「要是忍耐了，維琪也會消失。」

「為什麼？我不會消失啦！」

「打倒壞人嘛！不要忍耐嘛。」

諾娜突然情緒潰堤哭了起來，她毫不保留，縱情哇哇大哭，在收養她之後，我第一次看到她流淚。

諾娜母親在拋棄小孩時在想什麼、發什麼愣呢？倘若只能二選一，我會毫不猶豫選擇諾娜，但是她母親的選擇不同，這責任完全不在諾娜身上。

我不斷撫摸諾娜小小的背，她至今為止不曾哭過一次，或許她認為「是自己讓媽媽委屈才會被拋棄」，想哭也不敢哭出來。

諾娜太可憐了，連我都泫然欲泣。

雙親囑咐八歲的我「妳要去貴族家工作喔，好好加油」，然後把我交給了藍寇。年僅八歲的我心裡多少理解這樣的安排，儘管孤單卻不曾恨過雙親。

相比之下，諾娜是在某一天突然被拋棄的，不知道她內心被傷得多深。

我把諾娜抱上自己的大腿。

諾娜不停抽泣，她又嬌小又瘦弱，不像這個年紀該有的體型。她這麼消瘦，可見過去的她在最想吃的時候吃不夠，在最想玩的時候只能待在家裡保持安靜。

我輕輕擦去諾娜的眼淚抱住她。

「我知道了，假如壞人來了，能出手時我就出手，不過諾娜是我的心肝寶貝，這是絕對不會變的。所以要是逃跑是更好的選項，我就會逃跑，然後我絕對不會拋棄妳。」

不知道她有沒有聽見我的話，她嚎啕大哭完一臉呆滯，大概是倦了。最後她呼吸平定下來，臉蛋在我胸口摩擦。

「沒問題啦，諾娜，妳不必擔心，不會有事的。」

聽到我的安慰後，大腿上的諾娜突然抬頭看我。

「維琪，拜託妳。」

「嗯？怎麼了？」

「維琪來打倒壞人，我想看。」

「現在？在這裡？」

「嗯，想看。」

「咦咦咦？」

做這種事需要很高的恥力，但是我沒有堅強到能拒絕哭累的美少女提出的請求。我勉為其難決定展演我在王城庭園如何制伏歹徒，並且要她承諾絕對不告訴任何人。

「就是這樣、這樣、這樣！最後這樣！」

要是有人從窗外看進來，大概會覺得有個神志不清的女子兀自失控了吧，因為我應美少女「再一次！好嘛再一次」的要求，反覆表演了好幾次「迴旋踢、抓肩膀膝擊腹部、最後用手刀」。

「諾娜，答應我，在我點頭之前，不管發生什麼事都絕對不能對別人這樣做。妳個頭小，這樣做完全沒有用，反而會遇到危險，懂嗎？」

「懂了。」

「一定喔？」

「一定。」

諾娜總算又有精神了，我們一起洗澡吃晚餐，躺在同一張床上面對面，她在我的懷抱中睡著了。

小孩其實比大人想像中來得更懂事，至少八歲的我是可以理解的。

我想在以後的生活中繼續認真和諾娜溝通。

我感受著諾娜溫暖的體溫，陷入了沉睡。

今天的工作是整理巴納德老爺堆放在書庫裡的書。

他最近很少用到書庫裡的書，不過偶爾要找出一本，就會弄得人仰馬翻。本來想告知一聲再開始掃除，沒想到喊了兩次都無人回應。巴納德老爺專心起來，什麼聲音都聽不見。

「諾娜，我要排書和掃除，妳離遠一點，不要吸到灰塵。」

「我想幫忙。」

「嗯……那我們準備一下吧。」

我和諾娜頭頂罩著頭巾，並用布巾遮臉蓋住口鼻，穿上圍裙。

今天萬里無雲也無風，是個清潔書庫的絕佳好日子。

「維琪，這個要放在哪裡？」

「右邊數來第三堆。」

「這本小書呢？」

「那個堆起來會崩塌，妳放在最邊邊。」

書庫裡有八架書櫃，每一櫃都密密麻麻地塞滿了書，我們花了很多時間在走廊上把所有的書分門別類。

每一本書的灰塵都要拍乾淨，還要用擰乾的抹布擦拭書庫。

「好，再來就把書上架吧。」

我來到走廊上，發現諾娜正全神貫注在閱讀一本小書。

「唉呀？有什麼好看的書嗎？」

「嗯，這本很好看。」

那一本是這個國家和周邊國家出版的知名童話故事。

「原來這裡也有童書啊，不過有些字妳還看不懂吧？」

「看不懂的我就用猜的。」

我記得我在培訓所時期，也是一邊推測這些詞的意思一邊閱讀。

「那我去收書。」

「嗯。」

我先把走廊上的所有書收回書架，同個作者的集中在一起，再照書名排序。走廊的書全都上架之後，我的手臂、背部和腰都很痠，這段期間諾娜依然讀得津津有味，巴納德老爺也沒有離開書房。

到了午茶時間，我叫上巴納德老爺三個人一起喝茶。

「喔？諾娜在讀那本書嗎？」

「我自做主張讓她讀起來了，非常對不起，是在清理書庫的時候發現的。」

講到這裡的時候，巴納德老爺恍然大悟站起來走向書庫，我和諾娜也跟在他身後。

巴納德老爺打開書庫門，走近書架凝視架上的書背。

「我是依照作者分類，如果要用其他分類法，我再重新來過。」

「不用，這樣就好，很完美，書那麼多應該很辛苦吧？」

「不會，我喜歡這種工作。」

巴納德老爺繞了一圈看過所有書架，同時不斷點頭說「嗯嗯嗯」，然後回到客廳詢問諾娜。

「諾娜，那本書好看嗎？」

「非常好看。」

「是喔？書庫的書隨時歡迎妳來看喔。」

「哇！全都可以看嗎？」

「嗯，可以啊，歷史書可有趣了，妳可以跟古人聊天。」

「喔。」

諾娜喝著加了糖的茶，一臉認真地聽巴納德老爺說話。

我很樂見諾娜親近書本，但我盡量不買書，畢竟在緊要關頭這些書全都要拋下，我不喜歡這種心有牽掛的感覺，想給諾娜讀的書都是從租書店借的。

「巴納德老爺收藏的童書並不多吧。」

「歷史類的童書本來就很稀有，這本書的內容很紮實。不過能看到小孩讀書的模樣真是不錯，我膝下無子，如果我有小孩，孫子多半也出生了吧？看著諾娜彷彿能一窺人生的另一種可能性。」

這番話我聽得心有戚戚焉。

「我也在想同樣的事，要是我生小孩的話，大概就是過這種生活吧。」

巴納德老爺看著我欲言又止，最後還是什麼都沒說。他或許想提團長先生吧，可是不管他說什麼、問什麼都無濟於事，因此我很感激他不說的體貼。

晚上，上了床的諾娜對我說：

「維琪，書好有趣喔。」

「很有趣吧，我隨時能帶妳去租書店，妳可以讀很多書。」

「嗯！」

諾娜睡著後踢了被子，我幫她重新蓋被子時望著她的睡容。如果我有小孩，他會是什麼樣的小孩？

「不過在這之前要先有爸爸啊。」

我忍不住苦笑，奢求自己沒有的東西只會帶來不幸，我有諾娜就夠了，順利把諾娜撫養長大就是我現在喜悅的來源。

隔天，團長先生來到巴納德老爺的宅邸約我們去吃飯。

「要不要帶諾娜去外面吃飯？」

「其實我有事想找團長先生商量，要不要在我家用餐？這件事我不希望別人聽到。」

「是喔？那我就去打擾了。」

團長先生在我們約好的那一天換上了便服造訪別屋，準時來敲門。他好像是洗了澡才過來的，銀色短髮像是銀絲線般閃閃發光。

「來，歡迎歡迎，料理趁熱吃才好吃喔。」

「好香喔，我一直很期待今天。」

諾娜帶團長先生入座，坐在我對面的位子。

我將冒著白煙的湯品盛進湯盤，端上桌入座。我準備了一大堆加熱過的圓麵包，也提供奶油和雞肝醬。團長先生喝了一口湯之後閉上眼睛。

「啊，一口暖到腹部的滋味。」

「你喜歡嗎？」

「嗯，很喜歡，這是蘆筍嗎？」

「對，選白蘆筍是因為店裡有賣，這個國家的食材真是豐富。」

「很高興妳喜歡我們國家。」

我算準時間，在用完湯之後站起來戴上自製的隔熱手套，從烤箱中取出一個深盤。那是我推算時間預先將深盤送進烤箱烤的，現在表層的起司咕嚕咕嚕作響，底下還藏著一塊塊的培根、紅蘿蔔、綠花椰菜和南瓜。

團長先生吃燙口的料理時一點都不怕燙，我喝湯時也小心不要燙傷。融化的起司烤到微焦，香氣十足，蔬菜也又軟又甜，白醬和起司交融出濃郁的滋味。諾娜邊吹涼邊吃。

「對了，維多利亞，妳要商量什麼？」

「其實在那天晚宴之後，有個男子一直偷偷跟蹤我，我覺得很不舒服又很害怕，想要通報警備隊抓人，想說在通報前好像該先知會團長先生。」

團長先生陷入沉思，他吃了幾口餐點、喝了口葡萄酒後看向我。

「我是沒有聽說這件事，不過感覺應該是大王子殿下的指令，沒想到妳能注意到有人在跟蹤。」

「那是剛好，我某次發現店裡的玻璃窗有個男子的倒影，後來就常常看到那個人出現在玻璃上。但是你說是大王子殿下嗎？你是他的心腹，所以你身邊所有女性都要被調查嗎？」

雖然我知道這多半不是主因。

「不，應該不是，其實……晚宴那天有人在庭園制伏了歹徒，殿下覺得那個人可能是妳，因此想知道妳是什麼人物。」

「我？我制伏歹徒？怎麼得到這個結論的？」

講到這裡之後，我認為接下來的討論最好不要讓諾娜聽到，於是看了團長先生一眼後看向諾娜。團長先生注意到我的視線後也看向諾娜，她正津津有味地用餐。

「諾娜，吃完就刷牙睡覺了喔。」

「嗯。」

要是這個時候諾娜表演起「是這樣、這樣再這樣的吧」，我就要挖個地洞躲起來了，不如讓她早點睡吧。

團長先生靜靜聽著我們的對話，一臉嚴肅地喝葡萄酒。

等到坐在椅子上的諾娜開始打呵欠。

我趕緊讓她刷牙，帶她回臥房換衣服躺上床，然後幫她蓋上棉被後走出房間靜靜關上門。

我們重新開喝，我正要換個玻璃杯再開一瓶紅酒，團長先生從我手上拿走酒瓶，手腳俐落地拔開瓶塞為我斟酒。

「其實晚宴那天，有個警備兵看見一名女性從倒地男子身邊跑開的背影，他供述說那位女性的禮服是淺紫或淺藍色的。」

那個地方相當漆黑啊，還有其他夜間視力和我一樣好的人嗎？我差點就噴出聲來了。

「我當時待在會場角落，為這種莫須有的事而跟監已經造成我非常大的困擾，如果大王子殿下以後依然派人跟蹤我……」

我話還沒說完，團長先生就打斷了我。

「我會負起責任力諫殿下停止跟監，所以妳不要突然消失。」

「突然消失？」

被我反問之後，團長先生有點退縮。

「我只是覺得妳好像會突然消失。」

「我不會，你想太多了。」

他可能是直覺異常敏銳的人。

我正想說要是王家對我產生興趣，我就該趁早遷往其他國家，被他說中了我也很吃驚。

後來我接連聊了一些瑣事，在問了團長先生幾個問題後轉為傾聽的角色，他提了下屬們歡樂的失敗經驗，讓我開懷大笑。等到夜深了，他站了起來。

「我還可以再來嗎？」

「嗯，歡迎。」

在玄關，團長先生雙臂輕輕環繞將我擁入懷中，時間比一般的道別久了一點。我靜立在原地，沒有抱住他。他鬆開雙手後，我對他展露笑容，說聲「晚安」目送他離去。

我用溫水洗餐具的同時開始思考。

打從十五歲開始工作後，我只信任過一個人，就是那唯一的一個人踐踏了我的信賴，我現在才會在這裡。

是否在信任別人的同時就該做好被背叛的心裡準備？這樣縱使遭到背叛或者被半路拋下，也不會感受到痛楚，只要笑著說一句：「啊，果不其然。」

我不斷說服著自己，並進入了夢鄉。

隔天之後跟監的氣息消失了。

看來團長先生真的替我談妥了這件事。

過了幾天，這一天是巴納德老爺的助手工作可以休假的日子。

和諾娜出去走走吧，出去轉換一下心情。我不缺緊要關頭時的安身之所，一直杞人憂天、惴惴不安只是在浪費精力。

「諾娜，要不要買條新的緞帶？只有一條藍色緞帶太孤單了。」

「我喜歡這條。」

「我覺得妳的金髮也很適合深紫紅色，類似葡萄酒的顏色，然後再買一雙和緞帶同色的鞋子吧。」

雖然約拉那女士激動地要我們用她的馬車，我笑著回說「出去走走，身體才不會怠惰」，邁向南區走去。

我們走進一間生活雜貨店，逛了五顏六色各種花樣的緞帶。諾娜還想要一條藍色緞帶，所以我買了一條比現在的緞帶更深一點的深藍色緞帶和一條酒紅色緞帶。

「維琪也買嘛。」

「我嗎？這個嘛，那我買一條跟諾娜成對的好了。」

諾娜抬頭看我，笑得很陶醉。

（買禮物送給心愛的人的時候，贈禮方也能心滿意足啊。）我牽著諾娜的手心想。送禮回老家好像也讓以前的我很幸福吧。

今晚是諾娜去主屋侍女蘇珊小姐那裡住的日子。

我想再去那間酒吧瞧瞧。

薩赫洛是王都一間小酒吧「烏灰鶇」的老闆。

他是個黑髮黑眼，留著小鬍子的老派四十歲男子，有點壞壞的外表讓他很受女性歡迎。

最近有一名女客人開始會來薩赫洛的店。她第一次來喝了兩杯烈酒就匆匆離去，第二次自己慢條斯理地品酒，第三次是今晚，她每杯都點不同種類的酒。看她好像喜歡這間店，薩赫洛也很欣慰。

想不到有一個年輕男子從剛剛一直對她死纏爛打，男子是第一次來訪的客人，薩赫洛不希望男子干擾他做生意，也不希望他打擾女客人的小憩時間。

「先生，這位小姐很困擾。」

薩赫洛鄭重勸阻了年輕男子，他卻充耳不聞，毫不退縮，不斷對女客人提出邀約。薩赫洛正打算把他掃地出門時，女客人把費用放在桌上速速起身離開，年輕男子也隨即留下酒費跟出去。

（這下危險了。）

薩赫洛趕忙來到店外。是左邊還是右邊？他在夜路上左顧右盼尋找他們的蹤影，只見剛剛的男子從右方跑了回來，大概是跟丟人了。

男子一注意到薩赫洛，就一臉尷尬地走掉了。

（太好了，那個客人應該平安無事。）薩赫洛鬆了口氣，正準備返回店裡時又停下腳步，他身後傳來貓咪「嘶嘶」的威嚇聲。

「貓咪吵架？」

他還在疑惑「現在又不是發情的季節」的時候再次聽到「嘶嘶」聲。

「也太生氣了吧。」

貓咪的威嚇聲是從上方傳來的，他抬頭看向屋頂，發現那位女客人在酒吧隔壁店家的屋簷上。她似乎想以四足跪姿保持低姿勢，以免被路上行人看見，只有一雙眼睛轉過來看向薩赫洛。

有隻黑貓面向女客人弓起身，全身毛都豎了起來，尾巴也像刷子一樣炸開，不斷以「嘶嘶」聲威嚇她，而她好像是想安撫貓咪。

「啊。」

女客人一和薩赫洛對到眼睛就驚呼一聲站起來，她壓住裙襬「咚」地輕盈跳下來，來到薩赫洛面前，然後在嘴前豎起食指，露出難為情的笑容後轉身離去。

薩赫洛錯愕地目送她離去。屋簷上的黑貓也心滿意足，從屋頂走去另一座屋頂，消失無蹤，女客人大概是擋到貓咪巡視領地的路線了。

「哈哈哈。」

薩赫洛輕笑幾聲回去店內。

女客人的柔軟度很好，宛如化身人類的貓咪，被他發現時露出的尷尬表情，如同惡作劇被發現的小孩般可愛。

回到店裡後，薩赫洛開始思考。

雖然不知道那個年輕男子是誰，但若是地痞流氓，他是有辦法對付的，他不能容忍今天這樣的事繼續發生。

薩赫洛隔天中午過後來到小巷子的最深處，進入一間正常人不會靠近的酒館。

鑽過一個個白天就在喝酒的男子們，前往最裡面的座位，坐在那裡的是這一帶流氓的老大。

「嗨，薩赫洛，好久不見了啊。」

「賀克托，你那裡有一個留著微翹棕髮、淺藍色眼睛的年輕人嗎？右邊脖子還有顆痣吧。」

名叫賀克托的男子抽著菸露出沉思的表情。

「可能有也可能沒有，他怎麼了嗎？」

「他昨晚糾纏我店裡的重要客人，既然他干擾我做生意我打算跟他私了，但如果是你手下，我想說還是先報備一聲比較妥當。」

賀克托舉手示意酒館的男子，男子送上一個玻璃杯到薩赫洛面前，裡面裝著琥珀色的酒。

「那個重要客人是女的嗎？」

「重要客人就是重要客人，跟男女無關。」

「喔，是喔。你放心，我不會讓他干擾你的正經生意，我們都什麼交情了。」

薩赫洛拿起桌上的玻璃杯，站著一口氣乾了。

「那就太好了，處理垃圾也是一樁差事。就這樣。」

「偶爾來玩玩吧。」

「我已經脫離組織，代價也付了。」

薩赫洛把酒錢留在桌上離開了這家店。在他踏出店門口之前，許多男子一直盯著自己看，雖然他佯裝沒注意到，但還是提高了警覺以免有人出手攻擊。

不過這擔心似乎是多餘的。

「那位客人或許不會再來了。」

不是因為男客人的死纏爛打，而是因為糗態被自己看到了。

雖然他未曾與那位客人交談過，但想到她或許不會再來了還是有些遺憾。

沒想到過了一段時間，薩赫洛又在商店街撞見她，她一肩揹著裝了蔬菜的布袋，牽著一名小女孩的手悠哉地走在街上。

「小姐？」

薩赫洛忍不住叫住了她，她一看到他馬上知道自己是誰。

「老闆，你好，在採買嗎？」

「差不多，您也是嗎？」

「嗯對啊。」

「小姐，歡迎您再來光顧。」

她好像在猶豫該怎麼回答，於是薩赫洛往前方一指。

「如果您得空，要不要去吃些甜食？我請客。」

聽到他的提議，她詢問小女孩：

「諾娜，可以嗎？」

「嗯，好啊。」

「那就恭敬不如從命了。」

「請叫我薩赫洛。」

薩赫洛自我介紹完，走在他斜後方的女客人也說：

「那請你叫我維琪。」

她隨性地回答。

薩赫洛帶她去了一間走沉靜風格的甜點店，這裡可以內用，是喜愛甜食的他常來的店。

「這裡什麼都好吃。」

薩赫洛說著遞了菜單給她們。

女客人點了紅茶與餅乾，小女孩點蘋果派和水果水，薩赫洛則是點了糖漬栗子蛋糕和紅茶。

「這個餅乾酥酥脆脆的，真好吃。」

「維琪，蘋果派也很好吃喔。」

「好吃吧？要不要吃吃看我的？」

「嗯……哇，好吃！」

名叫維琪的客人笑眯眯地看著小女孩試吃薩赫洛的蛋糕。說她們是母女，長得也不像，說她們是姊妹，歲數又差太多，不過薩赫洛總是要自己盡量不要關心其他人的私事。

他們好一段時間都在專心享用甜食。

「那個男的應該不會再來了。」

薩赫洛說。

「為什麼？」

「保險起見，我去向這一帶的地頭蛇確認，發現他果然是地頭蛇那邊的小弟。我向他放話說要是那個男的干擾我做生意，我有我自己的做法。」

「這樣不會被挾怨報復嗎？」

「我和地頭蛇是舊識了。」

「麻煩到你了。」

「這沒什麼，您還願意再光顧嗎？」

「嗯，不過我不能待太久。」

「願意光顧就好。」

女客人喝完茶後直盯著薩赫洛的臉。

「你沒有任何問題要問我嗎？」

「您希望我問嗎？」

接下來薩赫洛的語氣就回歸本色了。

「不希望。」

「那我就不問了，我是酒吧的老闆，妳是重要的客人，這樣就好，重點是……」

薩赫洛的嘴角開始抽動，最後忍不住笑了出來。女客人也滿臉通紅，似乎想起了那個場景。

「我第一次看到有人惹貓咪氣成那樣，貓咪被擋到巡視的路線就氣得嘶嘶叫……呵呵呵。」

「那是！是預料之外的……噗。」

女客人也不禁莞爾，在店裡的他們只能抱著肚子壓低聲音不斷擦眼淚，笑了好長一段時間，小女孩詢問「怎麼了」時讓他們又想起那個場景，忍不住再度笑場。他們不斷深呼吸，費盡了千辛萬苦才憋住笑意。

「真不知道多久沒有這樣笑了。」女客人壓著笑到抽痛的腹肌說。他們當天就此別過。

後來維琪這位女客人又回來光顧，每星期大概來一次，一樣是短時間內喝個兩三杯速速離去。

而年輕男子後來就沒再出現了，賀克托大概有認真聽進薩赫洛的要求。

我將巴納德老爺委託我翻譯的文件交給他之後，開始製作午餐要吃的三明治。

諾娜在桌邊擦玻璃杯，她好像很喜歡這一類單純的工作。諾娜問我：

「維琪，妳跟之前的鬍子叔叔是好朋友嗎？」

「也不算好朋友吧，我們才剛認識，諾娜也想要交朋友對不對？」

「沒有，不需要，我比較想受訓。」

「唉呀。」

此時我放低音量問諾娜：

「要不要練習看看跳到高的地方？」

「要！」

諾娜猛然變得生龍活虎。

「諾娜很可愛，所以最好要夠強悍。」

「可愛？」

「嗯，非常可愛，可愛又脆弱的孩子很危險的。」

「喔。」

我以前潛入過人口販賣的組織。

小女孩在被綁架到賣出去之前都監禁在地下室，那些小女孩個個美若天仙。貴族小孩有護衛隨侍在側，不會被他們盯上，被盯上的都是容貌姣好的平民小女孩。

當天在收工回家的路上，天色已經差不多開始變暗。

我們兩個人在自家附近的空屋練習跳登石牆。石牆與我肩膀同高，而且是一片不平整的石堆，很適合練習。

「往上跳，手抓住上方，然後手臂和腳尖用力推牆，像這樣！」

我示範了一次，一躍而上。諾娜看得瞪大了眼睛，我跳下牆來讓諾娜自己嘗試，扶住她的腰，借力讓她跳起來。

「不要只用手的力氣，丹田要用力。」

「嗯！唔！」

雖然進展得還不錯，不過她沒辦法一躍而上，嗯，一開始都是這樣。

「每天練習就會了，熟悉之後還能登上更高的圍牆，到時候要逃跑就很容易了。」

「維琪好帥。」

「謝謝，所有事都一樣，會比不會更好玩。」

「嗯！」

在練了好幾次跳牆之後，我小聲對諾娜說：

「諾娜，妳可以先回家嗎？有個可疑的人在這裡，我要警告他『不准再過來了』。」

「是壞人？」

「不知道，妳就全力衝刺然後鎖門，可以嗎？」

諾娜點點頭，我拍了她的背，一如我所說的，她全力跑出去頭也不回。約拉那女士的宅邸有兩名武藝應該不錯的男子，她回家我就可以先放心了。

我朝附近的樹叢喊道：

「有什麼事？」

樹叢中出現一個年輕的黑髮男子，他的眼睛下方用領巾遮著。

「什麼啊？妳已經發現了啊？」

他不是外行人，不過他的氣質又不同於善於謀殺的人。

我撿起一根順手的樹枝跳上圍牆，眼睛緊盯著對方，雙手抓住樹枝用膝蓋折成兩半，然後揮了一下。嗯，雖然強度不夠，但應該至少能用一次。

「妳是什麼人？」

「你說呢？」

「我想跟妳談談，下來吧。」

「我拒絕，快滾，不然我就出手了。」

「好凶喔，我只是想跟妳聊一下。」

男子舉起雙手表示投降，但是不肯離去。

「快滾。」

男子走了過來一躍登上圍牆。

我可沒必要等他先出手，在他登上圍牆的瞬間我就拿起樹枝展開攻擊。他在圍牆上敏捷地往後退，保持一段距離，看來這傢伙有點本事啊？

「我真的是來找妳聊聊的，這樣正好，妳放馬過來啊，我……」

我趁他說完話之前就由上往下斜揮樹枝，接著隨即由下往上斜揮向他的臉。他躲開樹枝的時候失去了重心，高處戰鬥是需要熟能生巧的。

「哇喔喔喔！」

我趁男子失去重心的時候，以樹枝攻擊他的右下腹部，雖然樹枝斷了，但至少讓他肋骨產生裂痕了。男子掉下圍牆時順利落地，但是已經痛得把臉皺成一團。

我跳到男子側邊，舉拳佯裝打向臉部，實則出左腳踢往男子剛剛被樹枝打到的右下腹部位置，並出右腳連踢心窩，把人踢出去。男子踉蹌往後退發出呻吟聲，我如果真的打臉，手多半已經被抓住了吧，我的攻擊雖快，缺點卻是力道不夠。

「既然你持刀接近我，我用刀你應該也沒意見吧？」

在和他對峙的時候，我發現他懷裡揣著刀子。我從藏在自己腰間的刀套取出折疊刀往旁邊一揮，讓刀刃喀鏘一聲固定住。

「等一下！我真的沒有惡意，是我不好，我沒想到妳這麼強！刀子是防身用的，沒打算對妳使用！」

「我不相信，我現在就告訴你，持刀靠近我的下場是什麼。」

「抱歉！真的很對不起！」

「叫你快滾，下次再遇到我就斷你四肢。」

我蹲低舉刀警告完，只見他跑步離開。

那傢伙是什麼人？

他看起來有一定的底子，但是並不習慣實戰。

住家地點被他知道太棘手了。

我得緊緊盯著諾娜，還要重新清點出境需要的手提行李。

當天晚上，我坐在地上以防有人襲擊，然後靠在床邊睡著了。平靜的生活突然發生這起事件，讓我鬆懈的內心起了波瀾。

隔天，我請團長先生來到巴納德老爺的宅邸。

午休時間，巴納德老爺講以前的童年遊戲給諾娜聽。

「維多利亞，妳要說什麼？」

「昨天有個奇怪男子來到我家附近，我已經多次警告要他離開，他卻聽都不聽一直逼近。我看他揣著一把大刀，於是用樹枝痛毆他，好在我以前練過一點劍術。之前才剛發生過跟監的事，現在又有一樁，我還是離開王都吧，走之前會向保證人團長先生說一聲。」

團長先生的眼神有些游移。

「昨天嗎？維多利亞，真是幸好妳毫髮無傷，那個男子的外表如何？」

「黑髮、藍眼睛、五官端正，年紀約二十，身高一百八，體型高瘦，臉用領巾遮住了。」

「他可能戴了假髮吧……」

「咦？團長先生知道他嗎？」

「昨天二王子殿下偷偷出宮，好像沒有帶任何護衛。獨自出宮已經是大問題了，而且聽說殿下回來時斷了兩根肋骨，第一騎士團殺氣騰騰的，以為他遇襲了。」

……竟然如此。

「殿下宣稱自己只是跌倒了。」

「是嗎？」

那傢伙竟然是王子殿下啊。

雖說我是女人，但若不是我，對方可能不由分說就殺害他把他埋了，他知道自己做的事多危險嗎……想必不知道。

「我也是殿下的劍術指導者，喜多力克殿下還滿強的啊。」

團長先生盯著我看，我也盯回去，他先撇開了視線。

「團長先生，你要逮捕我嗎？」

如果答案不理想，我待會兒還是立刻帶著諾娜銷聲匿跡吧，但是在消失之前，我該拿眼前的團長先生怎麼辦？我該拿這個武藝高超的高個子、該拿我的保證人和大恩人怎麼辦？

「我沒打算逮捕妳，我會提醒殿下不要用這麼唐突的方式接近妳，如果妳還是不放心的話，要不要暫時搬去我老家住？那裡無論白天黑夜都有很多人在，家兄也更有資格對王家大聲抗議。」

「我考慮看看。」

團長先生無聲點頭離開。

雖然口頭上說要考慮，但我無意搬去他老家，我不希望自己的問題連累到團長先生全家。

在這個緊要關頭，我腦中浮現了巴納德老爺和約拉那女士的臉龐。離開這個國家等於是與他們訣別，想到這裡就讓我胸口悶痛，就此與團長先生再也不見肯定也會很孤單寂寞。

我在不知不覺間，已經挾帶太多私情了。

與諾娜回家的路上，我們順道去了南區的「信函與貨物配送所」，我在晚宴隔天寄了封信到其他國家，回信的收件地址是配送所，今天終於收到了。

對方是我諜報員時代私下合作過的人，特務部隊也不知道這號人物。

信函內文乍看之下是很普通的內容，包括噓寒問暖和報告孩子成長等近況，但其實我在委託信件中訂定了加密的規則，根據那個規則解讀這封信，結果是：

「女人、現在、不明、官方、入境、艾許。」

「真正的維多利亞現在行蹤不明，官方紀錄顯示已入境艾許伯里。」

（這代表我還不需要逃亡吧？）

對了，再請對方幫忙查一件事好了，保險起見我決定委託別件事。我回家寫了封信，內文乍看之下也很普通。

寫完信之後，我將預付的費用縫進玩偶中，把玩偶和信紙收進小盒子裡。

喜多力克二王子接受醫生的照護時，一被碰到就忍不住「唔」了一聲。

「只要靜養等骨頭癒合就好了，一定要靜養喔。」

中年醫生對他一鞠躬之後離開。

無論呼吸、發出聲音或動一下都會痛，他第一次經歷骨折，原來骨折這麼疼啊。

昨天悄悄回王城的時候非常不巧被王兄發現了，才講沒兩句就被王兄看穿自己有傷在身，他心想此刻應該要據實以報，於是說明了負傷的經過，結果王兄大發雷霆。

「我已經和傑佛說好了，關於她的事我說『都交給你了，我會收手』然後叫人不要繼續跟監。現在你又搞出這一齣，傑佛豈不是會以為我毀約嗎？」

王兄說的都沒錯，喜多力克低下頭來。

「非常抱歉。」

「其他人問你就說是跌倒受傷了，之後再找時間去向她道歉。」

「好，真的很抱歉。」

剩下喜多力克一個人的時候，他從桌子抽屜拿出一個薄薄的金色相片墜子並把蓋子掀開，相片中他曾經的未婚妻碧翠絲泛著淺淺的笑容。

「殿下好強啊。」

碧翠絲總是對喜多力克的強悍讚賞有加，我見猶憐的碧翠絲讓他很心動，並決定與她訂婚，沒想到她在訂婚後卻常有病魔纏身。

醫生診斷病因應該是過度操勞，無論「二王子的未婚妻」或「未來的公爵夫人」的頭銜，對她而言或許都太沉重了。

「如果有人對妳亂說話，妳就告訴我，我會保護妳。」

「不，我會笑著左耳進右耳出。」

碧翠絲雖然這樣說，煩惱仍舊日積月累堆在她心中。

在喜多力克十五歲，她十四歲時，他去探望高燒不斷的碧翠絲。未婚妻的呼吸很沉，他握住她滾燙的手，凝視她的臉龐好半晌。

（想要娶她為妻的自己，反而是折損她壽命的元凶。）

在產生這個想法的夜晚，他鼓起勇氣鞭策聲音顫抖的自己去向父王提出解除婚約的要求。

「請以不會對她未來有負面影響的形式解除婚約。」

父王露出關愛的表情，只說了句「是嗎」沒有多問，就照喜多力克的要求做了。

聽說解除婚約後，碧翠絲好一陣子都以淚洗面，不過漸漸還是恢復了健康。

喜多力克雖然覺得「這樣就好」，但是後來的每一天都感覺胸口破了個洞一樣。

他這些年一心鑽研劍法，艾許伯里王國卻沒有戰爭的徵兆，和平固然值得慶賀，但是自己又該去哪裡尋找生存之道？總有一天他會被取消王族資格降為公爵，然後呢？

在他還沒找到自己的歸屬時，晚宴上就出事了，聽說那個女人武藝相當高強。

他莫名想知道她的武藝如何於是採取了行動，最後搞到自己骨折。

她的動作俐落又快得嚇人，拿出刀來的時候，他真心以為「這樣下去真的會沒命」，這是他第一次感覺到死亡的恐懼。

現在回想起來，她可能是全心全意想保護那名小女孩。不斷出言警告「快滾」的她殺氣騰騰，如同保護小貓的母貓。先不說武藝，自己在氣勢上就徹底落於人後了。

（不知道能不能像那名小女孩一樣接受她的體術指導？）

想到這裡，他忍不住苦笑，一苦笑骨頭就痛，讓喜多力克皺起眉頭。

王家那裡沒有任何表示。

他們恐怕也說不出「二王子是被平民女子攻擊的」吧？被騷擾的人雖然是我，不過事情要是能以「自己跌倒」作結就再好不過了，和平最重要。

就在這個時候，助手的工作要暫停一陣子了。

巴納德老爺有一天站上梯子想拿書架最上面的書，結果跌了下來導致慣用手骨折。當時愛瓦女士正好在家算是不幸中的大幸了。

「抱歉啊，維多利亞，在舅舅復原之前我讓他在我家療養，這段期間妳要不要當我兒子的家教老師？我出的價錢跟舅舅那邊一樣。」

貴族少爺的家教老師？為什麼？愛瓦女士對我解釋：

「其實啊，我家的克拉克十二歲，他的外語很差。我當然有幫他請家教，但是成效一直不彰，所以我想拜託精通四國語言的妳，可以嗎？我家老爺也建議說『要不要換個老師看看』，只有助手工作暫停的這段期間來教也可以，還是想請妳當家教。」

「我是平民，也不是專家，而且還有諾娜要照顧。」

「老爺說妳都能勝任歷史學家的助手了，小孩的家教老師應該也做得來。諾娜帶來沒關係啊，妳的艾許伯里語很完美，沒問題的。」
「可以給我一些時間考慮嗎？」
「妳考慮看看，期待妳的好消息。」

我先徵詢了諾娜的意見，她馬上回答：
「能跟維琪一起就好。」
「但是我很擔心諾娜，要跟貴族少爺一起相處喔。」
「沒關係。」
「是嗎？那如果遇到什麼討厭或害怕的事一定要告訴我喔，可以嗎？」
「嗯。」
於是我造訪愛瓦女士的宅邸表達我的意願。
我先去探望巴納德老爺，他整個人好比洩氣的皮球。除了傷勢帶來的疼痛之外，從梯子上跌落讓他自覺體能已衰退，這種精神層面的打擊也很大。
「真是抱歉事情突然變成這樣，維多利亞，等骨折好了再拜託妳當助手了。」
「那是當然的，巴納德老爺，請你先專心養傷吧。」
看到巴納德老爺精神萎靡的樣子讓我很心痛。雖然我怕太冒犯沒有直接說出口，但是對於沒見過祖父母的我來說，巴納德老爺就好比「我最愛的爺爺」。

克拉克少爺是個紅髮的雀斑少年，體型瘦弱，原以為十二歲的男孩子會更難對付，沒想到他其實很乖巧。一雙綠色眼睛緊張地看向我和諾娜，然後向我們打招呼。

「妳們好，我叫克拉克·安德森。」

「你好，我是維多利亞·塞勒斯，這孩子是諾娜，以後諾娜也會一起來打擾，麻煩你了。」

「我叫諾娜。」

克拉克少爺也對諾娜鞠躬，之前聽說他是貴族的獨生子，原本還擔心他性格驕縱，但本人看起來是滿直率的。

「愛瓦女士要我教你哈格爾語和蘭德爾語。」

「維多利亞小姐兩種語言都會說嗎？」

「對，學語言是我的興趣，日常對話都不成問題。」

「我很不擅長外語，家父是外務大臣，他說我一定要學會哈格爾語和蘭德爾語，但是我完全學不會，而且我也沒有運動細胞，沒有任何專長。」

他對自己非常沒有信心。

「我想知道你之前上了什麼課，可以讓我看看你的筆記嗎？」

克拉克少爺把桌上的筆記本拿了過來。筆記本上的字跡工整，看他不斷練習單字的拼法，應該是滿用功的，不過讀到上課內容我就恍然大悟了。

之前的課程一開始就是教文法，老師透過文學經典的解說進行文法教學。這種教法看似有效率，其實根本沒顧慮到學生的痛苦，等於不准學生犯錯。不管文法正不正確，邊用邊記一定比較快也比較有趣，錯了再改就好。

「我先用我的教法開始吧，克拉克少爺，你喜歡什麼樣的事物？」

「喜歡的事物？」

「我喜歡做菜和運動。」

克拉克少爺陷入沉思。

「諾娜喜歡什麼？」

「書，還有練武！」

克拉克少爺聽到諾娜的回答一臉詫異，想說什麼是「練武」。

「登上高牆，爬樹，還有在空中轉圈！」

聽到諾娜這麼沾沾自喜，我忍不住苦笑。

「那是什麼？可以示範給我看嗎？」

「好啊！」

諾娜看著我，我點點頭，她在地板上跑了幾步後往前跳，表演了她的前空翻。她的表現很精彩沒錯，不過我決定下次帶她來時要讓她穿褲裝而非裙裝。

「她一個女孩子家這麼厲害啊。」

「女孩子更要有本事，我希望她被邪惡的大人抓走的時候，有辦法憑自己的力量脫困，前空翻很好用喔……這些是防身術的老師說的。」

「喔喔喔。」

克拉克少爺的雙眼原本毫無神采，現在突然綻放好奇的光芒。很好，他感興趣了。

「那克拉克少爺對什麼有興趣呢？」

「我也想跟諾娜一樣練武！」

我就知道他會這樣說。雖然我得費心安排免得他受傷，不過從我的經驗來說，在活動筋骨的同時學外語，效率是不錯的。

「我明白了，那我們從蘭德爾語開始吧，我怕你同時學兩種語言會太混亂。」

這樣諾娜也可以一起上課，太好了。

「好，我們先從暖身開始，我接下來會一句艾許伯里語一句蘭德爾語依序給指示，你們聽聲音去記，單字的拼法在練武結束的當天之內學。」

「好！」

我先說一句艾許伯里語的「手伸長」，再說一次蘭德爾語的『手伸長』，並且同時伸長自己的手。我自己就是這樣記單字的，不過還是要實際試過才知道這一套是否適合克拉克少爺。

諾娜似乎也對外語課有興趣，她一邊跟著暖身，一邊出聲複誦蘭德爾語。克拉克少爺不落人後開始動起來，和比自己小的女孩子一起上課，好像刺激到少年的自尊心了，很好很好。

課上到一半，我請克拉克少爺借短褲給諾娜穿，並借了條繩子當腰帶。

我把現場的所有坐墊都鋪在地上，避免他們受傷，這個場景實在不好讓雇主見到，幸好愛瓦女士也分身乏術。

克拉克少爺以聲音和身體記住了七個單字，接下來是學單字的拼法，他背誦得很完美，值得驚訝的是，諾娜也一樣。

我目前正在一點一點教諾娜讀寫艾許伯里語，本來還擔心她會不會混淆，但她回說「沒問題」，我最近覺得她比我想像中更堅毅果敢。

看克拉克少爺擦著汗水練習寫字好像不亦樂乎，把所有單字都記住的時候也神采奕奕。

「老師！我第一次上到這麼好玩的外語課！」

「真是太好了，下一堂課也一起加油吧，不過克拉克少爺就不要學前空翻了吧，我怕夫人擔心。」

「我不會告訴家母！所以請讓我練習！」

看到別人前空翻，自己就會想翻翻看，所以只要我從旁善加輔助就可以了吧？希望這個身心靈都很敏感的少年至少能找到一件有自信做好的事。

這份工作有了一個皆大歡喜的開始。

我們每天晚上都在家煮菜吃飯。

我做的所有料理諾娜都說好吃，聽說很多小孩怕吃蔬菜，不過她也喜歡吃蔬菜。

「諾娜，妳最喜歡我做的什麼菜？」

「烤小羔羊。」

「第二喜歡的呢？」

「有豆子、蔬菜和肉肉的湯，我喜歡這個。」

「那今晚我們一起做好嗎？」

「嗯！」

兩個人一起下廚是很快樂的，我將自製的小圍裙交給她，幫她在身後打結。我們的圍裙用的是同一塊布，兩件圍裙成對，我也穿上圍裙開始洗菜。諾娜在備料時都很細心。

我用刀子削蔬菜的果皮，諾娜負責切大塊，她用刀時不會讓人看得心驚膽戰，下刀也很仔細。

「切好的蔬菜都丟湯鍋裡。」

「嗯，我想加很多豆子。」

「嗯，好啊，諾娜最喜歡豆子了呢。」

諾娜喜歡吃豆子，所以我平常就備有乾燥豆仁，每天都會加水泡開一些，做菜時隨時可以用。

我替木柴點火，將湯鍋放上調理用的爐灶，並在湯鍋旁邊放上平底鍋。

「今天的肉是培根喔。」

「我喜歡培根，我想切。」

「好啊。」

一本正經切培根塊的諾娜好可愛，我十分感慨，想著我媽媽也是抱著這樣的心情教我做菜的吧？在和諾娜的生活之中，我有時候可以理解亡母的心情。見到她受再小的傷，我都希望受傷的是自己，看到她開懷大笑，我就希望讓她再次露出同樣的笑容。

和諾娜在一起時我會產生錯覺，以為自己重返了童年時光。在沒有媽媽的環境中長大的我，好像再次過上有媽媽的生活了，這是一種難以言喻的幸福。

「維琪，為什麼妳在笑？」

「嗯？很快樂啊，跟諾娜在一起就會很快樂。」

「喔。」

「諾娜呢？」

「很開心！」

啊啊，當時收留這孩子真是太好了。

我偷笑著翻炒培根，用培根出的油繼續炒豆仁，剩下的油就收進容器裡。

「那個要做什麼？」

「用這些油炒東西會很香喔。」

「喔。」

這天晚上，我們吃的是配料很多的湯和麵包，簡單而幸福的一頓晚餐。

隔天，諾娜在克拉克少爺外語課的休息時間誇耀了昨天的事。

「昨天我們有下廚，煮了很好喝的湯。」

「諾娜有下廚嗎？」

「嗯！維琪教我做的。」

「下次可以做給我吃嗎？」

「好啊，你喜歡豆子嗎？」

「豆子啊？我好像不太喜歡。」

「那就不給你吃了，我只給喜歡吃豆子的人吃。」

「那我會喜歡的，讓我吃嘛。」

少年和小女孩的對話讓人莞爾，這樣的對話我還能聽多少年呢？克拉克少爺再三年左右就從少年轉青年了，大概就是到那時候吧，聽著聽著，我心中有些不捨。

在我擔任克拉克少爺的外語老師後，這是第一個休假日。

外語課每星期上五天，周末休假。我和諾娜在家裡掃地、洗衣服，我剛提議說「待會來刺繡吧，我教妳」就有人來敲門。

「是，請問是哪位？」

「我是克拉克．安德森。」

我嚇了一跳立刻開門，只見克拉克少爺一個人。

「克拉克少爺，怎麼了嗎？」

「我今天也想見老師。」

「唉呀呀，真是的，來，請進，進來吧。」

克拉克少爺興味盎然地偷瞄了我們家裡一眼，但他看起來有點難為情。

「喝茶可以嗎？」

「好，謝謝。」

諾娜備好茶具，我煮熱水並切了昨天烤的胡桃無花果乾蛋糕端上桌。克拉克少爺坐立難安，但是他吃了一口蛋糕就露出詫異的表情。

「你喜歡嗎？」

「喜歡，非常喜歡，這是哪間店的蛋糕？」

「是維琪烤的。」

「是啊，昨晚諾娜幫我一起烤的。」

「哇……」

他不小心發出可愛的驚呼，然後驚覺自己失態又泛紅了臉，真可愛。

「蛋糕還有多，你慢慢享用。」

「謝謝，老師什麼都會耶。」

「我沒有什麼都會啊。」

「才不是呢！巴納德舅公總是洋洋得意講老師的事，說老師精通四國語言，料理和掃除都拿手，也善於分類文件，沒想到老師還會運動啊。」

看到諾娜臉上寫著「沒錯」沾沾自喜的樣子讓我莞爾。

「我是在什麼都要會的環境中長大的，我八歲就離開雙親，別人叫我做什麼，我就得做什麼。外語一開始也是非學不可才學的，真的學了才發現很好玩。」

「學外語很好玩嗎？」

「對啊，我從來沒有出國旅遊過，這次來這個國家是我第一次旅行。我以前很喜歡讀各種國家的書，我的職場雖然有很多書，但都是外語書，剛開始讀不懂只能看看插圖，後來讀到受不了，決定用功學習讀懂外語。」

「職場有很多書是指在貴族家工作嗎？」

「對，當時是在貴族家。」

克拉克少爺吃完了第二片蛋糕。

「我竟然說我不擅長念書，太奢侈了。」

他垂頭喪氣低聲說。

「我會努力用功，老師的課很好玩，我可以記住很多單字。」

「聽你這樣說我很欣慰，以後也要好好用功喔。」

我一講完，諾娜便說道：

「我今天也想上課！」

她眼睛閃閃發亮抬頭看著我，克拉克少爺的眼睛也閃閃發亮。看到這兩個孩子這麼期待，我也不好拒絕。

「好，今天就來學宅邸裡學不了的吧。」

「爬樹！」

「諾娜，爬樹對克拉克少爺……」

「我想學！請教我怎麼爬樹！」

「呵呵呵，那就邊爬樹邊學單字吧。」

諾娜和我換了衣服，我們三個人走了一段路，來到我和二王子開打的地方。這裡大樹叢生，很適合練習爬樹。

「就選這棵吧。爬樹的時候一定要檢查這棵樹枯死了沒有，要是爬到沒有葉子的枯樹，再粗的樹枝都可能突然斷掉讓你們跌成重傷，撞到頭甚至會沒命。有葉子的樹代表它還活著，落葉的冬季可以折一根小樹枝看看，樹枝能輕易折斷的樹都要避開。」

「我知道了。」

「那我先示範，你們可以參考我選了哪根樹枝和腳踩的順序。」

我脫下鞋子，只穿著襪子在他們敬佩的目光中爬上了樹。

我快手快腳爬到高處後，又照剛剛的順序倒著下來，按捺不住的諾娜已經脫了鞋，也是穿著襪子熟練地爬上樹。她爬到我登上的位置後，坐在樹枝上揮手。

「好！我也來！」

克拉克少爺說完就學諾娜脫鞋，費盡千辛萬苦往上爬。他花了諾娜的好幾倍時間才抵達她坐的樹枝附近，然後他也坐下來暢快地大笑。

「樹枝。」『樹枝。』

我大聲喊出兩國語言，他們也跟著我唸。

「爬上。」『爬上。』「爬上樹。」『爬上樹。』「高的樹枝。」『高的樹枝。』「爬下。」『爬下。』

兩個可愛的聲音跟在我後面。

「爬上大樹，爬下大樹。」『爬上大樹，爬下大樹。』

「你們都很棒！來，諾娜先下來吧。」

下來比上去更危險，諾娜穩穩下到地面後，我爬到克拉克少爺所在的地方，把預備的繩子綁在他身上。我請他在腋下繞兩圈左右，然後我握住繩子的一端，與他一起下去。下到一半的時候，發現團長先生在遠處觀望，讓我內心七上八下。

我們順利來到地面後，團長先生走了過來。

「克拉克，你很厲害啊。」

「傑佛表舅，你好，我第一次爬到樹上！」

「開心嗎？」

「開心！」

團長先生看著我的眼神中帶著笑意，我被他看得非常心虛。他大概很詫異我是這麼靜不下來的好動兒童，我讓安德森家的寶貝獨生子爬樹，不知道他做何感想，而且我還不小心連帶想起上次被他擁入懷中的事。

「我讓寶貝少爺學了不該學的東西。」

「不會，沒關係，我第一次看到克拉克這麼快樂調皮的樣子，我以前就一直覺得他這麼文靜不太好。妳今天休假吧？真是抱歉了。」

「不會，我也玩得很盡興。」

我們大人聊天的時候，兩個孩子一下活動筋骨，一下喊著剛剛學到的蘭德爾語『樹枝』、『爬上』、『高』，一下又你追我跑，玩得樂不可支。他們感情和睦玩了超過一個小時，一點都不嫌煩。

「我差不多要送克拉克回家了，晚點要不要去吃飯？」

「謝謝，但是會不會太頻繁了？」

「我算是忍了好一陣子才來約妳了。」

話一說完就撇開視線的高個子讓我心頭暖暖的。

「那是間輕鬆自在的店，服裝也輕鬆點就好。」

「好。」

團長先生害臊地說完了話，宛如一隻笨拙的銀色大熊。

克拉克少爺一臉遺憾，聽到我說「歡迎你再來玩」後，他便眉開眼笑頻頻點頭，與團長先生一起回家了。

「諾娜，今晚要跟團長先生一起去吃飯喔。」

「維琪要打扮嗎？」

「只會稍微打扮吧，好像是不太需要打扮的店。」

「有需要打扮和不需要打扮的店嗎？」

「對啊，這些事情諾娜也慢慢學吧。」

「嗯！」

我穿上淺黃綠色的連身裙，諾娜換上深藍色的連身裙。我們綁上成對的酒紅色緞帶，相視而笑。

「好期待喔，諾娜。」

「嗯！跟克拉克少爺爬樹也很開心！我記住『爬上大樹』了！」

「好厲害，諾娜有學外語的天分！」

「好耶！」

我蹲下來緊緊抱住衝向我的諾娜，把她身上的小孩氣味吸滿整個肺部，真喜歡這種和平的味道。

今晚的餐廳是在平民之間有好口碑的「飛燕亭」。

（最近好像常常和團長先生在一起。）

飛燕亭的所有座位都是半獨立包廂，包廂除了走道的那一面，其他三面都是以牆壁作分隔，放眼所及，除了我們之外幾乎所有客人都是情侶。我們帶小孩來這種都是情侶的店裡沒問題嗎？

「很棒的店耶，訂位不好訂吧？」

「其實這間店是下屬告訴我的，我問說適合帶女性去哪一間。」

「唉呀，讓你費心了，謝謝。」

這種事竟然去問下屬，他真的不在意會傳出八卦嗎？

服務生給我們一人一個巨大的四角盤，這道菜的主角是燉煮鹿肉，肉和蔬菜的擺盤繽紛精緻如畫，旁邊還佐以小花。

諾娜看了哇一聲相當驚喜。不只外觀好看，吃了就知道整盤菜都很美味。

「團長先生，每一樣都很好吃。」

「嗯，真好吃。」

大盤子的食物漸漸被團長先生吃光，他的吃相豪邁。他邊吃邊用平常那悅耳的聲音對我說：

「我已經談妥了，他堅持是自己摔斷了肋骨，所以妳也不必擔心，本來就是他持刀接近妳的，再怎麼說都是他有錯在先。」

「團長先生也不容易啊。」

團長先生聽我這樣說只是苦笑，沒有表示什麼。

餐後送上的是排列成花的糖漬無花果薄片，薄片佐以葡萄酒，我喝著酒，決定說出這陣子反覆思考的問題。

「團長先生。」

「怎麼了？」

「他的為人如何呢？當然就你方便透露的部分說就好。我只會三腳貓功夫，用盡全力才勉強趕走了他，但要是我武藝高強，他的性命多半就不保了，我還是無法相信一個皇親國戚行事如此魯莽。」

團長先生的視線停在盤子上。

「是啊，他確實可能賠上自己的性命，只能說幸好他碰到的是妳吧。他是個直腸子，也因為是二兒子，教養上一直很自由。而且他從小就學劍術，以皇親國戚而言，他的武藝是很了不得的。雖然他的淘氣常常讓人操心，不過底下的人都很景仰他。」

「是嗎？」

團長先生憂心忡忡問：

「為什麼要問這個？」

「我怕他到時候反悔，決定公開說是我害他受傷的。」

「這倒不至於，他的不按牌理出牌雖然讓身邊的人很頭痛，但是他做事坦蕩蕩。」

他斬釘截鐵說。

團長先生都掛保證了，我也不必擔心了吧。反正我的身分沒什麼不能查的，或許暫時可以放寬心過生活了。

「是喔，那我就放心了，今晚可以提早結束嗎？諾娜已經睏了。」

諾娜從剛才就邊聽我們說話邊打瞌睡，畢竟她和克拉克少爺跑來跑去玩了很久。

「妳想睡了嗎，諾娜？」

「嗯，有一點。」

「好，雖然捨不得，但今天提早結束吧。」

我們搭乘亞瑟家舒適的馬車返回家中。

「諾娜，食物很好吃吧？」

「嗯！不過我更喜歡維琪的料理。」

天哪，我家小孩真是太可愛了，團長先生也笑著看諾娜。

我剛剛那樣問他是有原因的。

我想既然都被王家盯上了，不如將計就計把二王子當作自己的手牌。這張手牌固然是把雙面刃，但既然有牌可用，手牌再危險都好過手中無牌。

倘若特務部隊掌握到我的行蹤，可能會要求將我移交回國，儘管我自認工作成果已經不負他們砸在我身上的錢，但他們想必自有一套說法。

要是能與王族攀上關係，到時候我或許可以免於移交之災。

只是我自己也在想，這麼大費周章的我，究竟是緊抓著什麼不肯放？

隔天晚上八點之後，還在勤務中的團長先生造訪我家。

「待會還要工作嗎？真是辛苦啊。」

「我無論如何還是想跟妳講清楚。之前又是大王子殿下派人跟監，又是二王子殿下的事，都怪我邀妳去了妳不想去的晚宴，才會導致後面這些事，讓妳受委屈了，真的非常抱歉。我想說這件事一定要跟妳說清楚，我知道這種時間突然來訪很唐突，但是我的歉意還是想盡快傳達給妳知道。」

啊，這個人真是善良，他被我蒙在鼓裡的事明明有那麼多。

「團長先生，最終決定參加晚宴的是我，提醒你有歹徒的也是我，你大可不必為此感到一絲的內疚。我會為我自己的決定負責，更不會怪罪於你，所以你完全不用放在心上。」

團長先生輕咬嘴唇看著我。

「怎麼了？」

「妳好堅強啊。」

「很多人這樣說。」

我笑說，然後團長先生雙手輕輕捧起我的臉頰，像是在觸碰易碎品一樣，我內心有些驚慌，心想「剛剛的對話有什麼讓他這樣做的因素嗎？」

團長先生的體溫很高，他的體溫從手上傳到我臉頰。我突然在想，冬天腳底發冷的時候，有他在身邊想必很溫暖吧。

男人的氣味混雜著一些綠色植物系古龍水的氣味包圍著我，聞起來非常香。我靜止不動，任由他就這樣捧著我的臉。

團長先生維持這個姿勢半晌之後鬆開手。

「和妳在一起讓我……非常放鬆。」

他喃喃道，連聲晚安都沒說就飄然離去。

好歹說個「晚安」啊。

我現在很清楚為什麼組織要我們捨棄本名。

目的肯定就是要避免大家變成最近的我這樣。

組織打從一開始就讓我們捨棄本名，為的是讓我們輕易拋棄並遺忘臥底時建立的人際關係。儘管這個道理我心知肚明，也一直在思考「我該離開這裡就此訣別」，但我依然感覺痛徹心扉，無法出逃。如果用本名結交這些緣分，我肯定會更苦不堪言吧。

我開始遙想和我共事過的特務隊員，以及未來編入特務隊的隊員。

照理說，沒有隊員是被強迫入隊的，也沒有人心不甘情不願在工作。工作上縱然會遇到煩惱，但每個人都是憑著自己的意志決定留在特務隊。

然而，漸漸獲得「平凡幸福」的我，為什麼會對於哈格爾的特務隊員和訓練生心有愧疚？

「維多利亞，聽說之前休假時克拉克去妳家叨擾了吧，我今天早上聽他提到這件事嚇了一跳，真是抱歉。」

愛瓦女士皺眉，一臉愧疚地說。

「愛瓦女士，我和諾娜都很開心，也希望克拉克少爺下次再來玩，請妳不要怪罪他。」

原本很失落的克拉克少爺聽到我這麼說，不禁喜出望外。

「很開心吧，克拉克少爺？」

「對！非常開心！」

「真是拿你沒辦法，我一直很擔心這孩子雖然是男生卻文靜過頭，沒想到他突然變那麼活潑，老爺和我都很困惑。」

「無論文靜或活潑，克拉克少爺一直是最棒的。」

「唉呀，謝謝。」

愛瓦女士繼續下一個話題。

我邊聽邊應和，並決定假裝沒發現克拉克少爺以崇拜的眼神看著我。

這一天，我以話劇的形式上外語課。

劇目是這個國家知名的童話《白髮公主與藍蜥蜴》。

在森林中迷路的白髮公主，拯救了一隻被困在大蜘蛛網上的藍蜥蜴，會說人話的蜥蜴拜託公主和牠一起打倒魔女。白髮公主與蜥蜴合力擊敗邪惡的魔女之後，藍蜥蜴變回人類，他過去就是想打倒魔女未果才被變成了蜥蜴。最後蜥蜴青年向白髮公主求婚，故事就到這裡結束了。

「那誰想演蜥蜴？」

「我！」

「那克拉克少爺扮演蜥蜴。誰想演公主？」

「……」

「咦？諾娜不要嗎？」

「我想要當魔女，維琪當公主。」

「魔女最後會被擊敗耶，妳不要哭喔？」

「我不會哭。」

「那我演公主？真沒辦法，本來想看諾娜演公主的。」

分配好角色之後真的是讓人捧腹大笑。

平常面無表情的諾娜完美模仿我的音色，化身為邪惡的魔女。

我不禁讚嘆，我家的諾娜才六歲就已經有演戲的天分了。

諾娜又要咬牙切齒和藍蜥蜴交談，又在和公主開戰時痛罵「可惡的小ㄚ頭」，這些她演起來都非常可愛。

每個人的台詞都是一句艾許伯里語再一句蘭德爾語，所以唸起來有點卡，不過可以盡情欣賞諾娜可愛的細高音和克拉克少爺變聲前清脆的高音。在記住台詞之前要不斷反覆練習。

『公主，請妳和我結婚吧。』

「這句『結婚吧』的發音，舌頭要再往後一點，『結婚吧』，沒錯沒錯，就是這樣。」

我糾正克拉克少爺的發音，要他反覆練習「請妳和我結婚吧」，練著練著才發現他不但滿臉通紅，還一路紅到耳根和脖子。

啊，失策，年長的平民語言老師竟然讓貴族少年不斷向自己求婚，一個不小心就是在霸凌了。

「我太粗心了，竟然讓克拉克少爺向我這種阿姨老師求婚那麼多次，真是抱歉。」

「才不會！維多利亞老師不是阿姨！老師很棒！」

不知道為什麼諾娜此時目露凶光跑到我和克拉克少爺之間，然後瞪著他張開雙手大喊：

「不行！維琪是諾娜的！」

我聽了忍不住呵呵呵傻笑，「維琪是諾娜的」？我曾經想像過一個可愛的孩子對我說出這麼幸福的話嗎？沒有沒有，一次都沒有。

「老師？」

我偷笑的表情看起來太可疑，讓克拉克少爺有點擔心。

「對不起，諾娜講的話讓我太開心。好了，重新從相遇的場景再來一次吧。我全都用艾許伯里語講一遍，你們跟著回我蘭德爾語喔。」

以蘭德爾語演出《白髮公主與藍蜥蜴》真的太好玩了。

練習順利的時候，身為老師的我額外欣慰，而就算他們講錯了還是不減其可愛，練習的時光讓人內心暖洋洋的，幸福無比，快樂到我都擔心為此領工資會不會遭天譴。

在我們吵吵鬧鬧的時候沒有人進來打擾，愛瓦女士和侍女們等我們開始休息時才進來。

「看你們好像很快樂，我們就過來了。」

「母親，不要看啦，我都有認真學習。」

「我們太吵鬧了吧，非常對不起，愛瓦女士。」

「不是啦，我只是想看看在上什麼樣的課，侍女們難得聽到克拉克那麼開心的聲音，她們都很意外。」

「少爺，拜託你讓我們旁聽吧？」

「咦咦？不要啦。」

我被夾在中間左右為難，諾娜突然以蘭德爾語說出了魔女的台詞。

『囂張可惡的蜥蜴！』

「唉呀！小小年紀的這麼會講！妳是和克拉克一起開始學蘭德爾語的吧？好厲害喔！」

愛瓦女士真心的稱讚聽得諾娜神采飛揚，克拉克少爺則是露出不甘心的表情。

「諾娜，妳再說一次，我會接下去。」

「嗯。」

『囂張可惡的蜥蜴！』

『我來保護公主！不准妳傷害她！』

愛瓦女士和三名侍女都站起來拍手。

「克拉克和諾娜都好厲害，連發音都無懈可擊耶！維多利亞啊，舅舅養好傷之後妳可以繼續上課嗎？妳這麼短時間就激發出他這麼多學習欲，很適合當老師啊。」

「老師，可以嗎？我想要繼續跟老師學下去。」

「請先讓我跟巴納德老爺商量吧。」

我也不想辭掉這麼快樂的工作，但是巴納德老爺是給我第一份工作的恩人，在他首肯之前，我不能隨便答應。

巴納德老爺後來爽快地同意了。

等他養好傷之後，我同時兼兩份差事，助手工作還是安排每週六天，有外語課的日子則是縮短助手工作的工時。

「沒問題嗎？會不會很辛苦？」

「愛瓦女士，這點小事不算什麼，而且能讓諾娜一起上課我真的很感激。」

能漸漸建構起生活的基礎我很欣慰，而且外語課總是讓我上得興高采烈。

那天晚上，團長先生造訪了我家。

我們事先沒約，還以為是發生了什麼事，原來是晚宴的攻擊事件以意外的形式解決了。

「是妳先提醒我，我們才能抓到他，所以應該要跟妳報告一聲，只是……」

歹徒是因為自己妹妹被侯爵凌辱而懷恨在心。他散盡家產買通黑社會的人入王城當傭人，費時整整一年圖謀復仇。

「歹徒聽到侯爵說『我沒有半點頭緒，是態度差的女僕被我開除而惱羞成怒吧』就全都招了，他原本是顧慮妹妹的名聲才三緘其口的。」

「凌辱是……」

「侯爵聽說女僕婚期在即突然對她產生興趣，她被凌辱後婚事告吹。又是被凌辱的驚嚇，又是婚事告吹的悲傷，她成日昏睡，現在已經足不出戶了。」

「真是禽獸不如，侯爵會受到懲罰嗎？」

「表面上的理由是侯爵在晚宴上引發攻擊事件而被咎責，他必須退位，把爵位讓給兒子。侯爵還身兼財務部的官職，不過陛下決議這個官職不必退位傳子。」

嗯，大概就是這樣吧。

「是喔，歹徒會怎麼樣？」

「他不但在王族所在之處持有餵毒的刀，又企圖謀殺侯爵，想必是死罪難逃吧。」

「是喔，大概在哪個國家都是這樣，平民和貴族的生命貴賤不同吧……」

我們都感慨萬千，然後團長先生離去。
那天晚上，我獨自沉思良久。

第七章 看家的諾娜

收工回家的路上我牽著諾娜的手，邊走邊請她替我看家，一如我所料，她露出不安的神情。

「維琪，我一定要看家嗎？」

「這次絕對不能帶諾娜去，這一點我不能妥協，我會盡早回家的。」

我在至今為止的生活中，從沒有留諾娜自己在家過，但是這次千千萬萬不能帶她出去。

「妳就把這次的看家當作是重要的任務，我這陣子每天傍晚都要請妳自己看家，但是我會盡可能早去早回，相信我。如果我不在家的時候遇到什麼問題，妳就去主屋。」

她沒有回應。

「如果妳真的不想留在家，我就先請她們讓妳留在主屋，可以嗎？」

「……我在家等。」

「太好了，謝謝諾娜。」

我只在內心道歉，沒有說出口。要是道了歉，諾娜肯定會把所有牢騷吞下肚，我希望她至少有發牢騷的權力，我也願意聽她說。

和諾娜返家後，我旋即獨自出門。不管諾娜問什麼，我都只回答「有要事」。

「我預計三小時左右回來，有可能會拖到四小時，妳肚子餓了的話，這裡有什麼妳都可以吃。」

「我要跟維琪一起吃。」

「是啊，我也想跟諾娜一起吃晚餐，好，那我盡快回來！」

我希望諾娜看家的時間短一點，因此預付費用租了兩星期的馬代步，這樣需要時隨時能用馬。不過每次辦完事都要去歸還。聽說要是用得喜歡也可以買下來。

要是帶馬回家，我還得向約拉那女士解釋緣由。

「小姐知道怎麼用馬嗎？」

「當然。」

「時不時要讓牠休息喔。」

「我會好好照顧牠，只有在去探望媽媽來回的路上會騎，你放心。」

接下來我喬裝成紅髮女子，進入了錯綜複雜巷弄中最裡面的酒館。

「你是賀克托先生？」

「妳是誰？」

「我叫作凱特，聽某個人說只要給你錢你就會幫忙。」

「看內容和價碼。」

於是我提出了私奔的事。

「我喜歡的人已婚，我們想私奔，但是他太太每天都在他職場出口等著，她不知道就是因為緊迫盯人才會被討厭啦。所以我希望在他工作中偷偷跑出來，不要被他太太發現。」

賀克托皺起眉頭。

「只要說身體不舒服早退不就好了。」

「我和他還有他太太都在同個職場的不同部門啦，我們私奔一下就會被發現。」

「啊啊，原來啊，職場在哪裡？」

「王城。」

「王城啊……費用會貴一點喔。」

「大概多少錢？」

我現場支付了他開的價碼。

「我的錢就這麼多了，真的沒問題吧？」

「嗯，只是要逃出王城吧？沒問題。」

「如果可以的話，我想逃出王都，所以要拜託你們載到外門前。」

「好啊，明天，不對，後天妳再過來一趟，我到時候告訴妳詳情。」

「我知道了，謝謝。」

我順道前往王城的監獄探監，出示名為凱特的身分證時，我說：

「在晚宴上揮舞刀子被逮的男子，我是他的情人，我來探望他了。」

我淚眼汪汪提出接見的要求。

「喔喔，是卡爾啊，抱歉，我們要進行搜身檢查。」

「是，麻煩你了。」

雖然我早有心裡準備，但是受到搜身檢查還是噁心無比，別說是口袋了，連內褲都會被搜查。其他獄卒投以色瞇瞇的目光更是讓人惱火，但是不管女人在任何國家求見死囚大概都會受到這種待遇。

在獄卒的跟隨下，我抵達最裡面的石造牢房。

「喂！你的情人來了。」

年過四十的獄卒一喊，睡在簡陋床鋪上的男子站了起來。

好，這是第一關。

相比之下，搜身檢查根本不算什麼。我用眼神示意男子「不要多嘴」，拜託要看懂啊！

男子看到我的表情後，對獄卒深深一鞠躬說「謝謝」。

「我聽傳聞說他馬上就要被處死了，獄卒先生，可不可以讓我們獨處一下？」

「喔，好啊，接見時間只有一小時，時間到了我再過來。」

「謝謝你！」

盡頭的牢房，石造的建築物，銬上大鎖的鐵格門，還有仔細的搜身檢查。重重的安全措施或許讓獄卒很放心，他爽快點頭離去。

當獄卒一離開，男子就問我：「妳是誰？」我只回答他：「你想獲救的話就假扮是我的情人，現在先安靜。」

我從鐵格門外盯著牢房的窗外，側耳傾聽。士兵的軍靴喀喀作響，這一個小時我透過聲音計算出士兵巡邏的間隔和次數並記了下來。

在確定牢房的鎖可以輕易打開後，我立刻關上門，男子看了很驚訝。

「就算從這扇門逃出去也沒有活路，只會立刻死在士兵手下。」

我說服他。

我向獄卒們道謝後出了王城，然後騎馬回租馬店歸還馬匹。

好，該趕快回家了，我在商店街買了麵包、肉類和水果小跑步回家。

「我回來了！」

「歡迎回來！」

我把買來的東西放在桌上並擁抱諾娜。

「謝謝妳看家。」

「我自己也沒問題喔，維琪流汗了？」

「嗯，我想早點見到諾娜，能跑的地方都用跑的。」

諾娜瞇起眼睛，好像在看很耀眼的東西。

「維琪不用跑，我在這裡等。」

「嗯，謝謝，妳真的是好孩子，而且很堅強。」

我們一起吃的晚餐簡單卻美味。

諾娜第二天看家。

我傍晚去探監，等獄卒離開只剩我們時，我旋即進入牢房開始鋸窗戶的鐵格。

窗戶位置較高，我是坐在男子肩上自己鋸。鋸的時候要用厚重的皮革蓋住，消除線鋸條發出的聲音，儘管這樣很難動作，但是不蓋上就會發出這裡平常不會發出的「喀喀喀喀」聲。

我的工具是專門用來鋸斷金屬的線鋸條，手指套上兩端的圈圈就可以使用。線鋸條是藏在隱密的地方帶進來的，開鎖工具也是。

考量到接見時間和牢房外巡邏的頻率，就算我用盡全力鋸，一天也只鋸得完一個地方，最多只能鋸斷鐵格的上端或下端。鐵格總共有五條，我也考慮過要先查出處刑的確切日期，但是查起來花時間，任職王城的文官又很能幹，就怕他們起疑心。

我邊使用線鋸條，邊詢問男子妹妹的下落。

「我妹妹在家，我不在之後很擔心她飲食要怎麼處理，她已經無法見人了，她有心病。」

原來如此，只能祈禱他妹妹安然無恙了。

每鋸斷一根鐵格的上下端，就用小片的黑皮革夾著固定，這樣乍看之下也看不出端倪。

「為什麼非親非故的妳要幫我的忙？是妹妹拜託妳的嗎？」

男子反覆詢問。現在的我不但經過喬裝，晚宴當時又是在暗處馬上讓他昏厥過去的，所以他認不出我是誰。

「我為的是我自己，你別放在心上。」

我只這樣回答，他大概也一頭霧水吧，不過無妨。

我稍微提早一些離開牢房，將房門上鎖，並朝獄卒的值勤所喊：

「謝謝你們，我明天再來。」

「明天也有搜身檢查喔。」

一個獄卒說完，其他獄卒也猥瑣地笑了，想笑儘管笑吧。

出了王城後，我造訪販售載貨台車的店家。

買了載貨台車繫在馬上，出租馬店的馬兒都乖巧又聰明，牠乖乖聽從我的指示替我拉載貨馬車。

我駕馬去探訪王都南區外門附近的農家。

「不好意思，你好！」

我喊完，一個身材圓潤的婦女出來應話。

「我願意付費，可以讓我寄放載貨台車在這裡幾天嗎？我之後會再把這匹馬送過來，顧馬的費用另付，如果是這個價格我會很感謝，費用都會預付給妳。」

「為什麼要寄放載貨馬車？」

農家婦女詫異地詢問。

「我爸不許弟弟的婚事，弟弟怕被抓回家裡去，說著要離開王都，而且想要走得遠遠的，以免被我爸找到。我聽說這件事之後，希望至少能送輛載貨馬車當作結婚賀禮。」

我淚眼汪汪說完，婦女也同意了。

「好啊，我知道了，放我這裡吧，我會照顧好馬的，妳不用擔心。」

「謝謝妳！再過幾天我弟弟他們應該就會過來，他的未婚妻會先到，請妳讓她去倉庫等。」

「我知道了，妳有一個頑固的父親也是辛苦了。」

「太太，謝謝妳，妳的大恩大德，我沒齒難忘！」

「沒什麼，妳太誇張了。」

把馬匹歸還出租馬店後，我匆匆忙忙趕回家。

「我回來了！」

「維琪，歡迎回來！」

「好，來吃晚餐吧，今天有什麼就做什麼嘍。」

諾娜看我昨天和今天都有回家好像鬆了口氣。

當天深夜，確定諾娜睡下之後我出門去，這段路是用跑的。

我造訪了男子告訴我的人家去敲門。

裡面傳出一個年輕女生膽怯的聲音。

「是誰？這麼晚了有什麼事？」

「小聲點，我幫你哥哥傳話。」

太好了，他妹妹還活得好好的。

我請她開門，把她哥哥要說的話以及我找她的目的全盤都告訴她，然後請她複述一遍，確定她都理解了。

「聽好了喔，絕對不能寫在紙上或告訴別人。」

「當然，請問妳叫什麼名字？」

「凱特。」

「凱特小姐，為什麼妳要為我們做那麼多？難道是瑪麗亞她們拜託妳的嗎？」

「……她們是誰？」

「在我之前同樣慘遭侯爵毒手的人，我後來才聽說瑪麗亞、露娜和伊麗莎她們三個也跟我有相同的遭遇，跟她們無關嗎？」

「無關。」

妹妹露出狐疑的表情。

「妳要是沒有體力，接下來的計畫都會泡湯，無論世人眼光如何，妳都要去買食物讓自己吃飽，妳有錢嗎？」

「有。」

妹妹的眼神游移了一下，應該是沒錢吧。

「這裡雖然只有一點錢，不過妳不用客氣，全都拿去買吃的吧，吃好睡好還要活動筋骨，懂了嗎？妳不要拖累哥哥害你們都被抓喔。」

妹妹點頭，我轉過頭去跑步回家，我還得快點偽造他們的身分證。

第三天，帶路的獄卒一走，我馬上開鎖進去牢房坐到男子肩膀上，專心一意鋸通風窗的鐵格，鐵格總共五條。我後來幾天都是這樣過的。

等鐵格剩下兩條的時候，我再度去找賀克托。

「我想要指定日期和時間，這一天的這個時間。」

「現在才指定喔？要加價喔。」

「咦咦？你一直在偷漲價啊，討厭，好啦，我就只有這點錢了啦！」

「啊，算了，這樣就好，派人在三天後的這個時間去接他，目的地是南區外門附近是嗎？」

「嗯，麻煩你了。」

我現在在鋸最後一個地方了。

連日以不自然的姿勢工作，害我的手臂不斷顫抖，但是我不顧手臂的哀嚎，全心全意在鋸鐵格。男子對肩膀上的我說：

「凱特小姐啊，為什麼妳要幫我？我妹妹真的沒事嗎？」

「你妹妹沒事，幫助你們是為了我自己，我不能透露更多了。好，全都鋸斷了，今天就這樣，放我下來。」

我的鐵格鋸得愈來愈快了。

這一天的任務只有逃亡。

我一來探監，就立即取下夾著固定鐵格的小片黑色皮革。

我先出手幫助男子從通風窗跳出去，我再跳上去逃出牢房，窗戶是扁長方形，真是慶幸男子很瘦。

我將預先在植栽暗處藏好的出入商人的服裝取出，兩人一起換裝，慢條斯理走過有說有笑的巡邏士兵，來到馬車的停車場，上了制服商人的載貨馬車。

附有頂蓋的載貨台上放著空的大箱子，裡面裝著軍人的練武服和侍女的制服，我們迅速爬進箱子裡。

車夫是聽從賀克托的指令而來，應該以為自己只是在協助兩個人私奔。或許也因此在出城門時車夫還找門衛攀談，言行舉止都光明磊落。

接見過了一個小時，在應該東窗事發的時候，制服商人運送我們的載貨馬車已經來到王都南區的外門附近了。

我們在外門前下了載貨馬車，我帶領男子前往寄放馬兒和載貨台車的農家。

「你跟那邊的農家說一聲，不要忘記假扮成你妹妹的未婚夫，她應該在倉庫裡等了。」

「一切的一切都太感謝妳了，妳的恩情我永生不忘！」

「不必，就忘了吧，這些錢供你們沿途住宿和新生活使用，分開來存放，免得被偷了。」

「凱特小姐……」

「別哭了，快去吧，享受你們的新人生吧，還有，好好照顧馬兒啊。」

我推了他一把，目送他離去。

我遠遠觀察，看到他們換上農裝，上載貨馬車出了外門。

諾娜為期十天的看家到這一天結束了。

「那是匹好馬，我決定要買。」

我說完在出租馬店辦理了購馬手續。

沿路又買了點東西才匆匆忙忙趕回家。

「我回來了！」

「維琪！我肚子餓了！」

「我也是啊，回家路上買了不錯的肉，我們用奶油煎吧。」

「太好了！是肉肉！」

事情順利落幕真是太好了，太好了。

巴納德老爺借了我哈格爾王國的古書，我現在正在統整古書的內容。

「維琪，茶沏好了。」

「謝謝，來休息吧。」

那對兄妹多半正拿著新姓名的身分證朝國境邊緣移動，白天的時候駕馭載貨馬車前進，夜裡就下榻旅宿。他們接下來的人生我愛莫能助，也不想過問。

倦意太濃了，我前陣子深夜都耗在偽造身分證上，每天大概只能睡一兩個小時。

旁邊的諾娜對我說了些話，但是長椅中的我被睡魔帶入了夢鄉。過了一段時間醒來，我身上已經蓋了一條毛毯。

另一方面，王城的獄卒們都感覺是撞鬼了。

每天傍晚都有一個清瘦的紅髮女子來探監，每次接見囚犯時都拜託獄卒讓他們獨處，過了一小時就會拭淚離去。

男子預計不久就要被處刑，而且牢房上了鎖，獄卒只有在接見的開頭在場，之後就待在值勤所。通往牢房的道路是一條死路，沒經過值勤所前面出不去，因此不必擔心有人逃亡。這裡有士兵，監獄外還有士兵在巡邏。

沒想到昨天同一名女子接見囚犯過了一小時都沒出來，他們進去一看，才發現兩人憑空消失。牢房依然上著鎖，但是窗戶的鐵格全都被鋸斷了。

監獄被搞得人仰馬翻，他們關閉城門，全員出動在王城內搜索，卻找不到兩人的蹤影。後來第二騎士團和警備隊將範圍擴大到王都全域，進行大範圍搜查，但是至今仍然沒找到逃獄犯和紅髮女。

在男子逃獄兩星期後的一個夜晚。

團長先生來訪我家，說他買了熱門名店的點心。

我們三人沏茶一起吃了香甜的蛋糕，奶油上放滿了糖漬栗子。蛋糕用料不手軟又美味，我吃得忍不住揚起嘴角。看到諾娜想舔盤子上的奶油時，我趕緊訓斥「不行喔」，嚇了她一跳。

「等盤子收到廚房之後再舔。」

我板著臉說，諾娜和團長先生聽了同時噗嗤一笑。

「嗯，好吃！團長先生，你看起來很疲倦耶。」

「嗯，真好吃。我確實……很疲倦，其實啊，晚宴的那個男子逃獄了，好像有人跟他裡應外合。」

「咦……」

「整個王城鬧得雞犬不寧的，畢竟王城的牢裡弄丟了一個罪犯，事態非同小可。我們這兩個星期都在王都四處搜查。」

團長先生的臉上透露出疲憊。

「真的辛苦了，逃獄的男子呢？」

「好像順利潛伏在什麼地方吧，我們去他們兄妹家裡看過，他妹妹已經離開家了，只留下字條，上面寫著『我要去沒有任何人認識我的地方，在修道院為即將蒙主寵召的家兄祈禱』。」

「原來是這樣。」

我盯著杯子應聲。

諾娜對我們的談話沒什麼興趣，她吃完蛋糕後撤下盤子，在房間角落的沙發開始看書。盤子放進流理台之前，也不忘先把奶油舔過一遍。

我替團長先生新沏了一壺熱茶。

「我們推斷逃獄犯遲早會落網，畢竟逃獄的消息是快馬加鞭通報了王都的所有外門，就算逃獄後全力趕往王都外門也來不及出去。」

「是喔。」

我喝著熱茶，吞下了最後一口蛋糕。

「如果要潛伏在王都，通常會選擇貧民區，他又是外行人，只要有人為了懸賞金檢舉他，落網是遲早的事吧。想到他妹妹的遭遇，我也於心不忍，但是……沒辦法。」

「就是啊。」

團長先生還垂頭喪氣的就決定要離開了，我對他實在過意不去，忍不住輕輕搭上他的手說：

「團長先生，不管要等幾年都沒關係，等你能休假的時候，我們三個人一起去加迪斯好不好？聽說加迪斯在夏至那天的晚上，會將乘著蠟燭的小木船放流海上。」

團長先生的神情稍微柔和了一些。

「嗯，虧妳知道這件事，據說往生者的魂魄會在蠟燭燃燒的期間回到這個世界上。」

「祂們是回來這個世界玩的吧，我也希望家人的魂魄回來玩玩，我有好多話想告訴他們。」

團長先生輕輕將我的頭埋進他胸口。

「我一定會去，在夏至的夜裡一起放小船吧。我保證，我一定會排除萬難爭取到這天的假。」

團長先生離開的時候比較有精神了。

我先確定諾娜在看書，再將塞進小布袋裡的紅色假髮整包塞進坐墊芯的棉花裡面，然後小心謹慎地縫起來。

（對不起。）

我在心中對團長先生和其他全力搜查逃獄犯的所有人致歉。我不奢求他們原諒，我想我早晚自有報應的。

艾許伯里王國南端的村落來了一對二十多歲的兄妹。

他們感情和睦，每天謹守本分認真工作。他們說自己父母過世，流離失所，從遙遠的東邊村莊流浪過來，於是村長安排了空房子讓他們住。

兄妹租下已被棄耕的田地認真耕種，與村民交流時也親切友好。

某天晚上，妹妹在廚房的燈火下對哥哥說：

「能過這種生活像是作夢一樣，我本來想說既然哥哥是為了我被處死，我也要在同個時刻自盡。」

「讓妳操心了，抱歉。」

「不會，就像那個人說的一樣，我們該做的不是努力復仇，而是努力讓自己幸福啊。」

妹妹拿出抽屜中的身分證放在桌上，他們百感交集看著身分證。

這身分證不管怎麼看都很正式，紙的觸感、精緻的花紋和印刷的文字都能以假亂真。

「這怎麼看都是真的啊。」

「那個人是不是製作身分證的官員？」

「不知道，我毫無頭緒。」

「完全沒答謝她就走真是愧疚啊。」

「她已經斬釘截鐵拒絕說聯絡她會造成她困擾了，雖然無可奈何，但希望以後有機會報答她。」

「她對我說『做這些是為了我自己，妳不用放在心上』，不知道是什麼意思，她還說『你們過得幸福就是最好的答謝了』。」

他們完全不清楚豔麗的紅髮女子為什麼要拔刀相助，而且她餽贈的「沿途住宿費和新生活的生活費」還剩下三分之一。

哥哥沒有被處刑，也沒有淪為殺人犯，妹妹心存感激。

我在諾娜睡著之後悉心擦拭鞋子。

這雙鞋的左右鞋跟都收納著圈起來的線鋸條，鋸齒已經完全鈍掉了，我是不是該把鋸齒磨利？不過我應該再也不會鋸鐵格了吧？

擦完鞋後，我把兩隻鞋一併收進玄關旁邊的鞋櫃。我那個時候還把開鎖的小型金屬工具藏在鞋底，現在鞋底已經用膠黏死了，開鎖工具則是另藏他處。

別人若知道我的營救計畫，大概會說我是偽君子吧，要怎麼撻伐我都好，我心甘情願。

第八章 維多利亞的創傷

王城附近的廣場每個月會舉辦一次「自由市集」，在這個市集中，每個非商業工會會員的一般市民可以使用一個小區塊，隨便想賣什麼東西都可以。只要繳交便宜的報名費，每個人都能當一日店長。

不僅是王都，一般具有一定規模的中小型都市都會舉辦自由市集，國家也鼓勵國民參與，真不愧是商業大國。

我買了三個看起來很美味的烘焙點心分給克拉克少爺和諾娜，三個人邊走邊吃。走了幾步之後我猛然回神看向克拉克少爺，發現他吃點心時緊張兮兮的。

（邊走邊吃這麼沒規矩的事他可能是第一次體驗吧？唉呀呀，太抱歉了，不過人生在世本來就是什麼都可以體驗看看吧。）我邊走邊想。

市集應該有七八十攤左右，甚至可能更多，叫賣的聲音此起彼落，人聲鼎沸。

我們依序逛了賣麵包和甜點的攤位、蔬菜攤、舊書攤、二手衣攤、手工玩偶、各種人偶、鮮花和飾品攤。

「維琪，妳看那個！」

諾娜指著一個布鈕釦的攤位，布鈕釦是包著布的各種大小鈕釦，這個攤位的布鈕釦商品陳列在黑布上，展示起來如同一片小小的花田，相當可愛。

銷售員是和我年紀相仿的女性，她穿著簡單俐落的灰色連身裙。連身裙正面縫了一整排的暗粉紅鈕釦，每一顆都是小小的布鈕釦，很有設計感。

「好好看喔。」

「好看吧？歡迎慢慢挑選。」

諾娜和我滿心雀躍地蹲下瀏覽。

「用這個鈕釦當髮飾也很可愛喔，妳看，小妹妹很適合這個。」

她拿的布鈕釦包著深藍色的絹布，絹布裡還塞了棉花增加體積，她把布鈕釦湊到諾娜頭邊，看著我問：「對吧。」

「維琪，可以買嗎？」

「可以啊，妳想要哪個？」

諾娜指著水藍色布鈕釦，那是宛如冬日放晴的天空般明亮的藍色。是啊，這顆鈕釦縫在白色連身裙上或許滿可愛的。

「這款鈕釦我要五顆，還要五顆深綠色的。」

「好，謝謝惠顧。」

幫諾娜買了鈕釦之後，她走路的時候變成了小跳步，心情應該真的很好。

克拉克少爺去逛舊書攤買了兩本書，我也四處張望，想著要買些什麼東西。

然後我找到了，我一直求之不得，能找到它堪稱奇蹟。它是一束美麗的黑色長髮，用皮革繩束起來販賣。

有亮麗光澤的黑色直髮是很難取得的，我立即下手。孩子們看了哇哇叫著說很恐怖，不過有了這個，我就能做出一頂黑色假髮了。

我心花怒放地回了家，接下來有好一段時間不怕晚上沒工作，自由市集萬歲。

當天半夜，諾娜搖醒了我。

「維琪！維琪！」

「是是是。」

我連忙跳起來，是我睡過頭了嗎？可是房間裡黑漆漆的啊，咦？

「沒事吧？」

「怎麼了？現在不是半夜嗎？」

「維琪在大叫。」

「……我在叫什麼？」

「妳說『不要』。」

啊啊，又來了。

「對不起，我作了可怕的夢，我聲音太大嚇到妳了吧。」

「沒關係，我要不要跟維琪一起睡？」

「可以嗎？」

諾娜鑽進我的被窩裡，我們一起蓋被子，但我已經醒過來了，等聽到諾娜的酣聲後就鑽出了被子。

我去廚房點燈，倒了杯水喝。

我渾身冷汗不舒服，睡衣黏在濕濕的皮膚上也感覺很噁心。

雖然精神科醫生讚揚過「像克蘿伊這麼有膽識的人很少見」，但是我依然因為工作留下一些心裡的創傷。如果我大喊的是「不要」，為的大概就是那件事。

當年我二十二，同事梅莉二十一，漢斯十五歲，我們要共同完成一項任務，偷出藏在某個貴族宅邸裡的「高官的違法紀錄文件」。

室長藍寇對梅莉說：

「這次梅莉是隊長，妳第一次當隊長，凡事都要謹慎。」

「是，室長。」

問題發生在某天夜裡，梅莉在出任務前的最後一刻調整了分工。

「克蘿伊，我和漢斯負責入侵，把風就交給妳了，漢斯，你跟在我後面。」

「好。」

「等等，原本不是這樣說的，應該讓漢斯負責把風。」

我一回嘴，梅莉就擺出一臉嫌惡的表情。

「隊長是我，我說了算。」

「但是漢斯第一次出任務，應該讓他負責把風。」

「不行。」

漢斯看到我們劍拔弩張的樣子想打圓場。

「我去吧，克蘿伊小姐，我沒問題的。」

他說。我和梅莉平常就鬧得不太愉快了，我嫌麻煩，於是接受了新的分工。

他們入侵一段時間後，宅邸中傳來巨大的物品碰撞聲和怒吼，只見梅莉跳出窗外，過了一下子漢斯也跳了出來。

一名高大男子追在他們後面，眼看人是追不上了，因此他擲出一把沉甸甸的劍。這把劍彷彿受到漢斯的吸引，貫穿了他的胸口。他整個人往前倒在地上，動也不動，劍尖還在他的胸膛上。

我不知道宅邸裡發生了什麼事，但是梅莉放任初出任務的漢斯自己先跑是不爭的事實。

我和梅莉頭也不回一直跑，然後跳上預先備好的馬逃了回去。回到中央管理室後，連報告都還沒報告，梅莉突然就來找架吵了。

「克蘿伊，妳有話就直說啊。」

「不要煩我。」

「我每次看妳裝模範生就煩，明明是藍寇偏心才把大案子都給妳！靠偏心得到的第一名有什麼好囂張的！討厭鬼！」

這種酸言酸語我通常都當沒聽到，因此我一站起來，室內的其他隊員都開始緊張了。

「妳不滿意藍寇的分工不是該對他說嗎？怎麼是怪我了？在藍寇面前唯唯諾諾，在我面前就大講特講，討好藍寇的是妳不是我吧？不要臉。」

梅莉猛地對我出拳。

（蠢貨，要受罰的是先動手的人啊。）

我躲開梅莉的拳頭往她的臉上肘擊。明天她臉上應該會青一塊紫一塊的吧，管她的。漢斯被重劍貫穿胸口，失去了性命，連遺體都收不回來，錯的是我和梅莉。

我在摀著臉呻吟的梅莉耳邊低語。

「什麼是最爛的隊長？空有隊長架子，出事的時候搶第一個開跑害死後進，講的就是妳。」

梅莉低吼著準備撲上來，其他男子趕忙上來從背後架住她的肩膀。

「妳太容易激動，所以大案子永遠輪不到妳，我要是上司，看到妳情緒失控根本嚇死了，哪敢把大案子交到妳手上？為什麼要突然調整分工？為什麼丟下漢斯就跑了？在妳把砸鍋的不爽轉嫁到我身上之前，先雙手伏地對漢斯磕頭謝罪吧，雖然妳磕再多頭他都不會死而復生了！」

要是梅莉沒有調整分工，要是我沒有聽從她的，漢斯就是負責把風的，他可以免於一死，死了就結束了。不管再怎麼懊悔與賠罪，逝者都不會回來，我和梅莉已經封死了每一扇漢斯未來的機會大門。

今晚應該是睡不著了，我開始從事夜間工作，把自由市集買的長黑髮做成假髮。有些隊員是買現成的了事，不過我都是自己製作。

整束頭髮洗過晾乾後，取出幾根髮絲，用極細的鉤針編織完全符合自己頭型的網帽，然後一次穿幾根髮絲在網帽上綁起來。這個步驟繁瑣到令人昏頭，不過我並不討厭。

編織的過程要全神貫注在自己的指尖上，心情也能夠漸漸沉澱下來，於是平常拋諸腦後的記憶就浮現了。

我今晚想起了漢斯。

笑嘻嘻的漢斯。

津津有味吃肉的漢斯。

喜歡上同梯少女的漢斯。

誇耀自己妹妹是美女的漢斯。

說「我要飛黃騰達」的漢斯。

我一直沒有忘記漢斯，這除了是我向人生止於十五歲的他懺悔，也是種自我警惕。

我的前半生是受訓於國家從事非法的工作，並且有酬勞可領，但是我還是有我的底線，我希望死亡能免則免，因為我比一般人見識過更多「死了就結束了」的場面。

「工作結束就全部忘了吧，後悔對妳百害而無一利。」

這樣對我說的是藍寇，當時很慶幸有他這一句話。

可是現在不一樣，總覺得要是忘了漢斯的死，我似乎也會全盤失去身而為人的重要一塊。

諾娜今晚住在主屋的侍女蘇珊小姐房裡，我今天可以好整以暇地喝。

「嗨，歡迎光臨。」

「我要常點的那款蒸餾酒。」

「好喔。」

薩赫洛先生端上琥珀色的烈酒後坐在我面前。

「難得你坐在客人座位。」

「我很擔心啊，自從妳問了賀克托在哪裡之後一直很擔心。」

「賀克托不知道我的來歷，你放心。」

「拜託妳不要太亂來喔，妳要是不來我會很傷心的。」

看他黑色的眼睛是真心在為我操心，我低下頭。

「謝謝薩赫洛先生。」

今晚是我第一次在薩赫洛先生的店裡久坐。

恰巧今天客人少，我移動到吧台座，和他一起喝酒隨意閒聊。

站在吧台中的他看著自己的杯子低聲對我說：

「賀克托在找一名紅髮女子，紅髮、棕色眼睛、嘴角有痣的清瘦女子。」

「喔……」

「妳小心。」

「你在說什麼？」

薩赫洛先生笑著替自己添酒。

今晚是我第一次想點食物。

「這裡有什麼吃的嗎？」

「我可以做豬肉黃瓜三明治和起司蔬菜湯，要嗎？」

「哇，好猶豫啊，嗯，那我兩個都要。」

「好喔。」

他迅速端出了做好的輕食，兩道餐點都好吃。

「你也擅長做菜啊，真厲害。」

「我在沒有媽媽的家庭長大的，只要是簡單的東西我什麼都做過，比在外面買便宜吧。」

「原來是這樣啊。」

我只應了一聲又啜飲了一口酒，結果他露出狐疑的表情。

「正常來說，現在換妳講自己的成長經歷了啊。」

「我從小就離鄉背井在外工作，關於家庭我沒什麼好說的。」

「……是喔。」

我一開始吃鹹食，在場其他四個客人也點了一樣的食物。酒喝著喝著就會嘴饞，可見大家都一樣，看到別人桌上的就食指大動。

等到其他客人都走了之後，只剩下我一個客人。

「下次有事拜託賀克托的話最好透過我，賀克托一直在找人，他說：『早知道她要幹這麼大的，我一定會邀請她當同伴。』」

「喔，是喔。」

我問了賀克托的所在地之後才鬧出逃獄風波，薩赫洛先生應該很肯定幫助死囚逃獄的就是我。

「你不出賣我嗎？」

「妳不就是因為我不出賣妳所以才願意再來的嗎？」

「是啊。」

其實我原本有點懷疑，我可不敢小看男人之間的友情。

不過剛剛的客人都不是道上的，所以我現在才信了。今晚久留也是為了確認薩赫洛先生是否值得信任，確定他沒有出賣我。

我一直喝，喝到午夜過後好一段時間，正打算走人的時候，薩赫洛先生卻說要送我回家。

「反正已經沒客人了，而且妳今晚喝很多吧？」

「我不想讓你知道我家在哪裡。」

「什麼啦，妳還是不相信我啊？」

我不知道該不該回答，走了一段之後才回說：

「我其實算是滿信任你的，但是真心信賴一個人不會有好下場。」

「原來如此，那就送到附近吧。」

他說完與我保持若即若離的距離跟在我後面，算了，反正東區的家屋多得是。我們一起走，路上也沒有任何對話，走到南區和東區的交界處時，我回頭看薩赫洛先生。

「到這裡就好。」

「這裡不是東區嗎？難道妳是尊貴的貴族小姐？」

「怎麼可能？那就晚安了。」

「嗯，路上小心。」

我翻越過圍牆，順利返家後點起一根蠟燭。

我把臉和燭火都湊近地板，檢查地上的足跡。爽身粉沒有人踩過，沒有任何異常，這已經相當於安心好眠的睡前儀式了。

我鎖了門，然後換上睡衣洗臉上床。

那對兄妹過得好嗎？

他們接下來的人生我愛莫能助，也不會過問了。

宰相來到國王自己的房間裡。

「陛下，很抱歉深夜來打擾，蘭德爾王國的人剛剛送了報告來。」

「怎麼樣？」

「維多利亞．塞勒斯是實際存在的人物，年齡和外觀特徵也幾乎一致。」

「幾乎？」

前來稟報國王的宰相看向手上的資料。

「她是極其普通的民女，父親是工匠，母親是市場的銷售員，她十七歲時失蹤，下落不明至少十年，在這期間好像稍微長高了。父母在女兒失蹤後離婚，目前所在地不明，她本人一如資料所記載，是從蘭德爾王國入境我國的。」

「是喔？辛苦了。」

宰相退下後，國王按鈴叫侍女進來。

「拿酒。」

侍女不發一語低著頭迅速注酒送上，酒瓶放在酒杯旁邊，然後消失在隔壁房間。

「是喔？她確實存在嗎？真好奇那十年她都在做什麼。」

她十七歲以前都是一般市民，不過就國王所知，十七歲以後才進行諜報員或暗殺者培訓為時已晚。在身體完全發育前沒有受過訓練似乎就有難度了，尤其女性更是難上加難。精神面也是如此，男女都要從小灌輸效忠組織與國家的觀念，讓他們能夠毫不猶豫賣力效命，不然聽說很多人在執行幾項任務之後就會精神崩潰，無法再聽人使喚。

「這代表傑佛瑞愛上的女人是清白的吧？總之是太好了。」

隔天早上，國王傳喚喜多力克二王子。

「傷勢怎麼樣？」

「已經幾乎不會痛了，讓父王擔心了。」

「是克勞迪雅在擔心，你別老是讓母后操心。」

「是，父王。對了，已經查明傑佛瑞晚宴的女伴是什麼來歷了嗎？」
國王緊盯著喜多力克看，他疑惑風聲是從哪裡走漏的。
「為什麼要問這個？」
「她是排斥女性的傑佛瑞愛上的對象，我只是好奇她是什麼樣的人。」
「本王派人調查過了，沒問題，她是極為普通的蘭德爾王國民。」
「是喔，我知道了，就此先告退。」
「喜多力克。」
「是。」
「傑佛瑞的事有康萊德操心，你不要多事。」
「是，父王。」

喜多力克靜靜離開父親的房間，然後喃喃自語：
「極為普通？她這叫極為普通嗎？可見父王的調查員不可靠啊。」
喜多力克每次想要整理思緒時，就會去庭園裡不起眼的角落坐在長椅上。
運動是他的專長，從小到大無論劍術、馬術或體術的表現都備受稱讚。縱使撇開王子的身分不談，他也認為指導者的讚賞並非全然出於違心之論。
有些嚴厲的指導者面對王子依然毫不留情，傑佛瑞就是很好的例子，他也對自己讚譽有加。
喜多力克一直認為自己有一定的實力，想不到面對一個二十多歲的瘦弱女子，他連出招的餘地都沒有。那一天他受到的幾乎是有生以來最大的衝擊。

喜多力克希望能好好賠罪，然後請她傳授體術。想是這樣想啦。

（傑佛瑞大概不會說好吧……王兄派人跟蹤她的時候，已經讓傑佛瑞大發雷霆了，王兄也很意外他態度這麼強硬，我現在果然還是要好好……）

「嗯，應該要賠罪，那次確實是我不好，我看她是女的，只因為興趣使然就沒有深思太多，先向傑佛瑞傳達向她道歉的意願吧。」

但是後來喜多力克被傑佛瑞．亞瑟投以冷冰冰的唾棄眼神。

「我知道殿下做了什麼，殿下，可以請你不要再騷擾我重要的人了嗎？殿下的歉意讓我轉達就好了。啊，對了，今天我會卯足全力指導殿下。來，不必客氣，我今天奉陪到底。」

結果他竟然這樣說。

那一天無論喜多力克倒地多少次，傑佛瑞都不斷說「還沒完」、「再來一回」、「只有這樣嗎」，直到他再也站不起來，劍術指導課才結束。

最後雙方的練習劍交鋒時，他被壓制到向後飛出去，整個人趴在鍛鍊場的地上。

喜多力克呸一聲，吐出口中的沙土。

「早知道就不跟傑佛說了。」

他碎唸著翻過身，仰躺朝上閉起眼睛。

愛瓦女士的宅邸外喀啦喀啦傳來好幾輛馬車的聲音。

「有客人嗎？」往窗外一看，只見黑塗裝車體和鷹頭獅身獸的金色徽章。那不是艾許伯里王家的徽章嗎？

「克拉克少爺，大人物來訪了，我們還是出去接駕吧。」

說完我們三個人一同前往安德森家的玄關大廳。

大門敞開，馬車停在玄關前，一名清瘦的金髮年輕人下車。

（是當時的那個人啊。）

髮色雖然不同，不過從走路姿勢還是看得出來，也就是說這個人是二王子。王子殿下一步一步走了過來。

「嗨，塞勒斯小姐，好久不見。」

什麼「好久不見」啊？我暗自苦笑。

喜多力克殿下的聲音爽朗，肋骨被我打斷的事彷彿不曾發生過。無論是說「幸會」或「當時真是謝了」都不太對勁，於是我決定默默敬禮。

「前任的海恩斯伯爵夫人告訴我妳在這裡，妳現在方便嗎？」

「是，殿下。」

「啊啊，安德森夫人，我只是來談點事，很快就走了，妳不必備茶。維多利亞小姐，我們可以獨處一下嗎？」

「是，殿下。」

幾名騎士跟著愛瓦女士進入會客室，檢查過場地之後立刻清場。諾娜從門邊往裡面瞧，克拉克少爺拉住她的手把她帶走，走到一半她停下腳步回過頭瞪著喜多力克殿下，不過還是被克拉克少爺拖著離開現場。

為什麼要瞪他啊？

「其實我今天是來向妳賠罪的，我採取那種方式接近一名女性，不管妳怎麼想、怎麼對付我都怪不得妳。」

我不清楚他的目的是什麼，於是靜靜等他繼續說下去。

「我在那場晚宴上聽說可能是妳制伏了歹徒，因此對妳產生了興趣。」

「可惜那個人並不是我。」

「呵呵呵，是喔。不過妳跟我對峙的時候絕對是個高手。」

「第二騎士團的團長先生跟我說，殿下是跌倒受傷的。」

喜多力克殿下苦笑。

「不要這麼酸啦，我今天是真心誠意來謝罪的，很抱歉，我是認真的。」

殿下站起來對我深深一鞠躬。

「殿下請起吧，我只是外國的一介平民，請你抬起頭。」

「妳願意原諒我嗎？」

「是，當然。」

「太好了！傑佛瑞根本不准我靠近妳啊，我來這裡的事要對他保密喔，反正我就是覺得應該要當面跟妳賠不是。」

確實如團長先生所說的，他不是個壞人，幸好沒有打斷他四肢。不對，他若沒有輕舉妄動，我本來就沒打算下重手。

「然後我想拜託妳一件事，妳願意指導我體術嗎？當然我一定會好好答謝妳。」

「我拒絕。」

「……拒絕得太快了吧？為什麼？妳不是原諒我了嗎？」

這個問題，我還是實話實說比較好。

「別人知道我在陪殿下練體術會產生興趣的，要是知道指導者是二十多歲的女性，肯定有一堆人覺得『不知她武藝如何，我也想試試身手』。我現在不但要兼差還要照顧小孩，我沒那個閒情逸致。」

「我會小心不被別人發現的，每星期一次，一次只有一小時也可以，拜託啦。」

他真的很喜歡練武啊。

「以殿下的身分來說，與其磨練武藝，不如用武藝高強的人吧？」

「妳願意為我所用嗎？」

「絕對不要，我拒絕。」

「對吧？」

我忍不住笑出聲來，「對吧」什麼啦。

我一再推辭，他卻說「好，等妳要改變心意的時候我再來」，然後帶著爽朗的笑容離開了。這個人真是鍥而不捨啊，他應該很熱愛練武吧。

後來愛瓦女士東問西問，我含糊其詞說他問了團長先生的事然後回家了。我沒有說謊，我對約拉那女士也用了同一套說詞，是實情太嚇人，我說不出口。

晚餐後，有人敲了我家的門，我還在想是誰，結果聽到團長先生的聲音。

「是我，傑佛瑞！」

「維琪！是傑佛！」

諾娜興高采烈跑去開門，身穿制服的團長先生站在門外，我每次都覺得穿制服的他帥度比平常多了六成。

「你好，團長先生。」

「維多利亞，我在王城聽近衛騎士說喜多力克殿下來見妳了？」

我要笑出來了，團長先生已經知道了呀，殿下。

「嗯，他拜託我指導他體術。」

「妳回什麼？」

「我拒絕了。」

「我都叮嚀多少次了，明天我再告誡一次。殿下三歲起我就認識他了，他從以前就是鍥而不捨的人，都二十歲了啊，真讓人頭痛。或許是因為他感興趣的都是武藝，身邊的人也就一直慣著他。」

我靜靜沏茶，切了一塊木盒裡的胡桃奶油蛋糕端上桌。蛋糕是前天烤的，糕體大概今天開始變濕潤，已經適合吃了。

「維多利亞？」

「團長先生是王國的騎士，我不能為了自己拜託你這樣做。」

「哪怕我是王國騎士也一樣。」

我今天要是拜託他，他和他的家人總有一天可能因我而吃苦，我不想為難他們，而且要是製造麻煩之後，他決定與我保持距離呢？光是想像就讓我感到錐心之痛。

「總不能無限上綱什麼都拜託你，要是現在拜託你、依賴你，未來卻被你甩開，我會傷心欲絕。這件事我自己可以回絕的，不用擔心。」

團長先生站起身來，他走向站著的我，憂心忡忡地盯著我的臉龐。

「我不會把妳甩開。」

「自己的事我可以自己處理，雖然之前讓團長先生幫了很多忙，但是這次我會自己試試看，殿下的事也不用你擔心。」

「維琪在生氣嗎？」

「我沒有在對任何人發脾氣，別擔心，諾娜。」

雖然我語氣很平靜，但是聲音中的情緒或許有點凶狠吧，諾娜的眼眶都濕了。

我笑著摸摸諾娜的頭，團長先生左手抱起她，右手把我拉進他懷裡。

「我知道了，妳不要笑得那麼悲傷，妳願意告訴我妳在恐懼什麼嗎？」

我沒有回答，只是安撫著眼眶濕潤的諾娜，帶她回臥房躺到床上，團長先生則是一直等著我回去。

「團長先生，我不能說我在恐懼什麼，對不起。」

「是嗎……妳有妳的苦衷，抱歉我強迫妳接受我的想法。」

「不會，我才抱歉。你要不要喝葡萄酒？」

「嗯，我要。」

紅酒和胡桃奶油蛋糕很搭。

我們吃著胡桃蛋糕，靜靜對飲。胡桃乾煎得又酥又脆，咬一口，我就想起母親烤給我們吃的胡桃蛋糕。我們只共度了八年的歲月，在我記憶中，母親的面容和聲音已經模糊不清，我至今卻依然清楚記得她烤的蛋糕是什麼味道。

「我的未婚妻以前在緊要關頭不願意讓我當靠山，所以有可能讓我更執著想保護重要的人。」

「原來你有……未婚妻嗎？你來這裡沒問題嗎？」

「她已經不在人世了，十年前自我了斷，我沒幫到她。」

「原來……是這樣，發生過這樣的事啊。」

對於這個責任狂兼保護狂來說，這段過去想必讓他相當煎熬，原來晚宴上聽聞的「睽違十年帶女伴出席」是這麼一回事。

「對不起，讓你提起傷心往事了。」

「都過去了，妳不必在意。」

我想轉移話題，一定要換一下。

「對了，最近有人說我很不懂一般對話的有來有往，我不知道的事還真多。」

「是誰這樣說妳？」

「你不認識他，是我常光顧的酒吧老闆。」

團長先生一臉驚訝。

「妳會去那種地方啊？」

「嗯，只有諾娜住主屋的時候去，說來奇怪，我去那裡是為了在其他人存在的地方獨處。」

我深怕對話中斷，於是一個勁地不斷說下去。

「我下次可以跟妳一起去那間店嗎？」

「那是間獨飲兩三杯就走人的地方，如果我們要去就選別間吧。」

薩赫洛先生知道的太多，我可不能讓他見到團長先生。

「如果妳想練體術的話，我可以奉陪喔，我比殿下更厲害。」

「我才不要。」

「為什麼？」

「練武會把自己搞得一頭亂髮大汗淋漓的，搞不好還會翻白眼呢，我才不要讓你看到。」

「我可以解讀成妳稍微把我當男人看待了嗎？」

「……」

這種事只可意會，不要多問啊，團長先生。

第九章 淡粉紅的洋裝

話劇課《白髮公主與藍蜥蜴》以蘭德爾語演出，無論台詞和演技表現都已經相當精采，我也在想話劇形式的課程可以到此結束了。

沒想到愛瓦女士說：「我想讓老爺看看，我們自己也想看。」

我想想有道理便答應了，結果侍女們說了出乎我意料的話。

「給老爺看就要準備戲服了！」

「外語課的話劇不需要這麼……」

「不！交給我們吧，服飾負責人也卯足了全力喔，之前負責人在我們這些下人聊天的時候說，三位的戲服都已經構思好了。」

安德森家裡有一個專門縫製日常服裝的師傅。

我想想富裕的貴族家為少爺做戲服不算是什麼了不起的大事，於是點頭同意。

過了幾天，他們為克拉克少爺縫製兩套戲服，一套是以藍色為基調的蜥蜴裝，一套是貴公子的華麗戲服。他們也為諾娜準備魔女的黑禮服、三角帽和可愛的法杖。

「諾娜！我的小小魔女！這個魔女太可愛了吧，黑色衣服和金髮好搭喔。」

「維琪，這個不能帶走對不對？」

「妳喜歡魔女禮服嗎？我請愛瓦女士賣給我吧，包在我身上。」

「好耶！謝謝！」

目前為止一切都很好。

而飾演公主的我……

「我用現成的禮服就好！」

他們並不聽從我的主張，只說要用飄逸的粉紅色布料做一件公主殿下的禮服。

「愛瓦女士，我只是個家教老師，禮服卻是最費工材料費又最貴的，我太不好意思了，禮服我真的用自己的……」

「妳為少有娛樂的我們家提供了樂子啊，沒問題的。做一套妳的禮服對我們家來說是小事一樁，妳別往心裡去。那我去參加慈善活動了喔。」

愛瓦女士說完笑著離去了。

「怎麼會……」

我伸出右手探向愛瓦女士的背影，整顆頭垂了下來。

又過了一星期。

「維多利亞小姐，公主殿下的禮服完成了！」

侍女說著舉起一件淡粉紅色的禮服，那件禮服太過可愛，我看到臉都抽筋了。

（這怎麼看都是十歲出頭的少女穿的禮服啊……雖然公主是十歲出頭的少女沒錯！）

侍女們春風得意地將禮服交給我，我拿在手上一時語塞。

「趕快試穿給我們看吧，好期待喔。」

在愛瓦女士的催逼下，諾娜和克拉克少爺都露出非常期待的眼神，讓我騎虎難下。

（如果可以就地昏迷的話，真想倒地不起……）

我拖著腳步去隔壁房間換衣服時一直希望自己昏倒，換好衣服後，只能咬緊牙關到大家面前亮相。

「維琪好漂亮！」

「老師美美的。」

孩子們讚賞不已，愛瓦女士和侍女們也心滿意足。雖然我渾身冒冷汗，但大家開心就好，不要想太多了，只是面帶微笑一直咬緊牙關咬得臼齒好痛。

「對了！叫傑佛來吧，話劇表演選在他的休假日就好了吧？」

（不好吧！愛瓦女士！）我壓抑了這樣吶喊的衝動。

要是我說：「這身淡粉紅禮服，我最不希望被團長先生看到。」她一定會追問：「唉呀，為什麼？」吧？我又回答不出來。

我再度咬牙切齒地微笑允諾了。

愛瓦女士當天就派人去問出團長先生最近的休假日，敲定日期並確認他會出席。她肯定是個能幹的伯爵家夫人，她的快手快腳令人恨得牙癢癢的。

「啊啊，好期待喔，妳也是吧，維多利亞？」

「是啊，真是期待……」

我猛然想起好幾年前的一項任務。

當時我要假扮傭人，潛入哈格爾王國高階貴族的宅邸中五個月，與提供線報的人互通有無，我的線民是住在宅邸裡的「準繼室夫人」。

當時她二十二歲，有一張童顏，容貌像洋娃娃般可愛，她穿淡粉紅禮服就很好看。

某一天，她總算可以偷出貴族為非作歹的證據了，我決定趁貴族發現前帶她逃出去。我在集合地點等她，急得如熱鍋上的螞蟻，沒想到她穿著高調的粉紅色禮服赴約。

「我不是再三叮嚀要穿低調的衣服……而且我們要翻山越嶺耶。」

「那我回去換衣服。」

「不行，被發現妳就沒命了。」

「這個不行那個也不行！煩死了啦！」

「安靜點！現在被發現我們兩個都死定了。」

她穿著淡粉紅禮服逃亡的期間，不是在哭哭啼啼就是在咒罵我。我半路上替她備妥了平民服裝讓她換上，想不到她說「我累了，一步都走不動」，拒絕繼續前進。

「他最愛我了，就算找到我也不會殺我的，沒問題啦。」

我壓抑滿腔怒吼的衝動，好言相勸鼓勵她，拉著她的手繼續逃亡，邁向哈格爾的王都。等一切都結束，順利將她交接給負責人之後，我的口腔已經破了四個洞，每個都大得不得了。

（這種任務我都遇過了，穿件戲服算什麼？）我為自己加油打氣。

在表演話劇的當天，團長先生捧著巨大的花束來到安德森家，花束集結了幾種白色與粉紅色的花。

「獻給白髮公主。」

他捧著花束獻給我。

「團長先生，我非常高興收到這份禮物，但是讓你為我費心我很不好意思。」

「我當然也買了點心犒賞孩子們。」

「那我就不客氣收下了，謝謝。」

「維多利亞，妳平常那種穩重風格的服裝固然好，不過粉紅色禮服倒也很明豔動人啊。」

「……」

反正不管發生什麼事，我都會丟進名為忍耐的容器裡蓋上蓋子，等話劇落幕後，我想要火速把整個容器丟進火堆中，忘卻這一切。太羞恥了啊。

都二十七歲了，還在穿全身綴帶與荷葉領的飄逸淡粉紅禮服，我忘得了嗎？

那一天，孩子們可愛的演出博得大人的滿堂彩，尤其巴納德老爺拿下眼鏡用手帕壓著眼角時我好驚訝。這部戲沒有賺人熱淚的劇情啊，我到了他那個年紀看這部戲會不會看到哭呢？我內心暖暖地望著巴納德老爺。

克拉克少爺的父親麥可．安德森伯爵也看得心滿意足。

「維多利亞，表演太精彩了，妳的教學成果超乎了我的期待，拜託妳以後擔任克拉克長期的家教老師。」

「就是啊，維多利亞，能請妳當家教老師是我的驕傲。」

「我也很愛上老師的課！」

我笑著接受安德森一家的讚美，滿心感激。家教工作太好玩了，我在做家事的時候都會一邊思考「接下來要上什麼課」。

團長先生也想跟在安德森一家後面對我發表感言，但我用盡眼神暗示「你什麼都不用說」，他才把張開到一半的嘴巴闔上。

謝謝你的意會，團長先生！

當天晚上我的臼齒發痛，吃肉時咬得很辛苦，讓諾娜很擔心。

諾娜順利獲得了魔女的禮服和三角帽，她造訪主屋時，主屋的人卻說：

「為什麼沒邀我們去看戲？」

結果是我被指責了。

我們的居住地是貴族住的東區，諾娜絲毫沒有機會接觸到附近的小孩。

貴族小孩從小就要念書，外出時總有傭人貼身照顧，不會讓他們和平民玩在一起。

因此諾娜沒有同年齡的女生朋友，這件事讓我一直耿耿於懷。雖然希望讓她跟女孩子一起玩耍，但是我小時候也沒交過女生朋友，就算想找人商量，約拉那女士和愛瓦女士又都是不折不扣的貴族女性。

原以為侍女蘇珊小姐是適合商量的對象，但是她從十歲就在約拉那女士的老家工作，她也不曾交過女生朋友或與她們玩耍。

「嗯……」

「維琪，怎麼了？」

「我很想教諾娜怎麼跟女孩子玩耍或交朋友，但是我自己也不知道怎麼教。」

「我要練武，我喜歡練武。」

「妳有在練武了啊。」

「我要更多，我想練更多。」

「是嗎？那今天就來練武吧？」

「耶！」

這樣的對話已經重複三次了，我很擔心這樣真的好嗎。

我目前在教的是烹飪、編織、語言和爬樹，而除了練武之外，我能教還沒教的是密文的寫法、暗號的解讀、偽造文件、喬裝和開鎖。

不對，不行不行，我怎麼能教這些旁門左道？要是她擁有這些知識和技術，搞不好哪一天會敗給誘惑，想要為非作歹，這樣人生會誤入歧途。

我每次想到這裡就開始打結，索性決定「那就練武吧」。

今天我們來到家裡附近的空地，我使用棍棒，教她「被武器攻擊時怎麼接招」。

「我會慢慢揮棒打妳，妳試著避開看看。」

「好。」

諾娜按照我的吩咐稍微蹲低，雙腳張開與肩同寬。我從上往下，緩緩朝諾娜揮棒，上到下、右到左，諾娜動作敏捷地閃躲。我漸漸加速，等她習慣之後，我再加上橫揮、斜上揮和斜下揮的動作。

諾娜練到一半開始興致勃勃，在閃棍棒的同時臉上泛起一絲笑容。我最後做出了慢速的前刺動作，本以為她會側身或後仰閃避，沒想到她輕盈地來了一個後空翻。

「哇！」

我忍不住小聲驚嘆。諾娜做出了漂亮的後空翻，腳步一站穩馬上準備接下一個攻擊。

「諾娜，妳很有天分啊。」

「好棒。」

別人大概會說「這算哪門子的天分」吧，不過諾娜的身體素質真的比孩提時代的我更好。而且練武時間這麼長，她大氣也不喘一個，想必動作時沒有無謂浪費什麼力氣，我覺得這是天生的素質。

進入組織的培訓所當諜報員訓練生之後，還是有大量的孩子被淘汰，有人不敵恐懼，有人被嚴苛的訓練搞得心力交瘁，原因百百種，但確實有些人適合有些人不適合，強求不來。被淘汰的孩子就會轉換職場，去貴族家當下人，下人的工作也有其辛酸之處，但是能回到普通世界，就某個意義上來說或許是幸運的吧。

「接下來換諾娜拿棍棒打我。」

「我知道了，維琪，來了喔。」

「任何角度都可以。」

現在換諾娜拿棍棒認真打我，我都在最後一刻才閃開。這次諾娜收起笑容，她不管怎麼打都打不到我身上，一定很不甘心吧。

難得有這個機會，我也開始認真了，真是不錯的運動。我們練武練到大汗淋漓，直到天色暗下後才結束。

「好開心！」

「是嗎？那就好。」

我們手牽手回家，我邊走邊感覺諾娜柔軟的小手。

「諾娜，我會把我知道的很多事都傳授給妳。」

「嗯！」

「待會來洗澡吧？」

「我想一起！」

「我們一起洗吧，我幫妳洗頭髮。」

「我也要幫維琪洗！」

「謝謝。」

我們回到家時，在花圃的約拉那女士發現我們汗濕頭髮的樣子。

「唉呀，妳們都滿頭大汗了啊，到底是去做什麼了？」

她詫異地問，但是諾娜笑說是「祕密」就跑回家去了，我苦笑著點頭打完招呼才回家，我們在家裡又相視而笑。

「練武好開心。」

「我也是啊，來準備洗澡吧。」

今天洗完澡吃完晚餐之後，我要和諾娜一起睡。對於這樣快樂的時光我心懷感激，睡前我祈禱著，但願這種安穩又幸福的時光能長長久久。

第十章

邁爾斯先生

我養成了每兩天在清晨慢跑一次的習慣。

只有在巴納德老爺家的掃除工作，讓我明確感覺到體力不斷衰退，開始慢跑後，更體會到自己除了下半身的肌肉，心肺耐力也出乎意料地差。

我在破曉前開跑，跑一個小時左右，破曉時回家。約拉那女士家的傭人都在那個時間起床，我要在那之前翻圍牆回去。

開始慢跑後，我才發現約拉那女士家的正後方有一間小小的房屋，裡面住著年近花甲的男子，我對他有些好奇。

男子家裡養了頭魁梧的黑馬，我見他騎著那頭黑馬幾次。他騎馬的身段美得令人著迷，人與馬彷彿融合成為一種生物。

馬上的男子一頭白色短髮，體格壯碩，不知道是不是退役軍人。

前陣子，他在我每次都會經過的森林小川邊停馬休息，我在跑進森林前減慢速度，一進森林就與男子對上眼。這個時候要是轉頭離開森林感覺不太友善，於是我打了招呼。

「早安。」

「喔，早啊，在慢跑嗎？」

「對。」

「難得看到女生在慢跑。」

「可能吧。」

接下來我們簡單聊了天氣與季節，然後我便鞠個躬繼續跑。同樣的情境發生了幾次，他好像很期待和我打招呼，其實我也是。

某一天，男子終於開啟了天氣與季節以外的話題。

「妳是在做什麼的？」

「我是邊工作邊養小孩的平民。」

「喔。」

他一臉興致盎然的樣子，我靠近馬兒打了聲招呼，然後輕輕撫摸牠的鼻梁。

「好雄偉的馬啊。」

「牠是老人家了，跟我一樣。」

接著男子向我自我介紹。

他名叫邁爾斯．格蘭特，是退役軍人，在退役前和愛馬一起在軍中第一線工作。

「你對國家肯定是貢獻良多吧。」

「沒有，妳也知道這個國家幾乎沒有戰爭，所以我沒立下什麼了不起的功勞。不過退役後能拿到足以獨自生活的俸祿，我是很感激的。」

邁爾斯先生說完笑著撫摸馬脖子，馬兒看起來很高興，也用鼻尖摩娑他。

「馬兒真好啊，我也想騎馬，但是我是向房東租別屋住的人，雖然房東人很好，但我實在不好意思開口。」

邁爾斯先生眨眨淺藍色的眼睛聽著。

「馬兒要不要給我照顧？妳都說想養了，想必也會騎吧？」

他說。

「我會騎馬，我的哥哥們也是退役軍人，他們訓練過我。可以嗎？照顧的費用我願意全額支付。」

「要我幫妳挑良馬也可以喔，我多半比妳更有挑馬的眼光，妳要不要先騎騎看這匹馬？我看妳的技術為妳挑一匹適合的。」

我跨上邁爾斯先生的馬，在附近走走跑跑讓他評估。

「原來如此，還算厲害嘛，妳有什麼需求嗎？」

「我要可以跑長途的馬。」

「我知道了。」

談話進展得很順利，於是我委託邁爾斯先生買馬，並說好請他寄放馬、照顧馬，而我會支付這些手續費。

過了幾天之後，兩匹馬和邁爾斯先生在森林裡等著我。

「邁爾斯先生，難道是這匹馬？」

「牠是妳的馬，不但很會跑又很聰明，價錢也沒有超過妳的預算。牠好像叫作阿萊格，妳騎騎看吧。」

阿萊格像是在觀察我，眼珠緊盯著初次見面的我，我一上馬後，牠就乖乖聽從我的話。我先慢慢駕馬走幾步，然後嘗試在附近跑一趟。很好，是匹非常好的馬。

「我很喜歡！謝謝。」

「那就讓我照顧牠吧。」

「謝謝你，我每兩天會來騎一次。」

「在破曉的時候嗎？」

「對。」

明明就說好要給他手續費，不過邁爾斯先生幾乎只收了他實際支出的費用。

「我知道顧馬多辛苦，請收下手續費吧。」

「我很閒的，而且妳的馬讓我的馬覺得『我不能輸給年輕小伙子』而變得很有活力，這樣正好。」

他笑說。

我買這匹馬是為了在緊要關頭時，有一個和諾娜一起逃亡的工具，我總不好意思劫持約拉那女士的馬或馬車逃亡。

回家之後，我做了早餐。

我叫諾娜起床一起吃飯，並提了馬兒的事。

「諾娜，妳想練習騎馬嗎？當然我也會一起。」

「馬？可以跟維琪一起的話，我想騎！」

諾娜瞪大眼睛，她氣喘吁吁吃著麵包從椅子上站起來。

「我還有工作要做，所以要騎馬就要早起。」

「我會起床！我會早起！」

「好，那從明天早上起每兩天就去騎馬。」

「好！」

「啊，還有，騎馬的事不要告訴主屋的人好嗎？」

「為什麼？」

「在諾娜學會騎馬之前，他們可能會唸說『太危險了，別騎了』。」

「是喔，我知道了，我說我喜歡爬樹的時候，他們也叫我不要爬了。」

爬樹的事已經說了嗎？是啊，就是會被唸。

「在妳的馬術精進之前，他們都會很擔心。」

「我知道了，在馬術精進之後可以說嗎？」

「可以啊，要等我說好喔。」

「我知道了。」

諾娜那天在巴納德老爺家一整天都蠢蠢欲動，看來是真的迫不及待了。我特別仔細觀察她的情況，

沒想到她對巴納德老爺說：

「聽我說，聽我說，我有個祕密喔！」

她低聲說完就落荒而逃，行徑相當詭異。

巴納德老爺正在進行研究，我輕輕關上門，請諾娜幫我擦銀器餐具，讓她待在我面前，這是她很喜歡的工作。我同樣在廚房的桌上從事翻譯工作，諾娜在擦銀湯匙、叉子和刀子時，時不時和我對到眼睛，然後呵呵笑。

「好期待喔，今晚早點洗澡早點睡覺吧。」

「嗯！馬喜歡什麼食物啊？」

「我們吃肉或麵包，牠們是吃草，不過我們喜歡吃點心，牠們是喜歡吃蘋果或紅蘿蔔。」

「喔喔喔喔！維琪，我想在回家路上買紅蘿蔔和蘋果。」

「嗯，可以啊，我們去買回家吧。」

「喔喔喔喔～～」一聽到她歡呼我忍不住呵呵笑。

諾娜若是安安靜靜坐在那裡，不要迴旋踢或膝擊，看起來就是貴族小姐，但是她個性很活潑有趣，也頗有武術或戰鬥的天分。

當天晚上，諾娜一吃完晚餐馬上就主動去洗澡刷牙，匆匆上床睡覺。我也很期待明天早上的到來。

隔天我休假，我帶著諾娜造訪了邁爾斯先生家，他人在庭園裡。

「喔，她是妳的小孩嗎？」

「嗯，對啊。」

諾娜根本沒在聽我們講話，她緊緊盯著我的馬阿萊格看，再度小聲「哇啊啊啊」驚嘆，而且好像因為太亢奮，走起路來跌跌撞撞的。

邁爾斯先生靠近諾娜對她說：

「怎麼樣？馬很大隻吧？」

「好大！好漂亮！」

「妳不怕嗎？」

「不怕，我想快點騎馬！」

「好勇敢啊。」

邁爾斯先生告訴諾娜騎馬的注意事項。

比如說不要向後轉、不要太大聲嚇到馬，人類要配合馬的動作不要害怕。

我和諾娜隨即騎到阿萊格背上，我們都穿著類似馬術褲的自製褲裝，腳上也是類似馬術靴的鞋子。

諾娜坐我前面，我慢慢讓阿萊格開始行走。阿萊格很聰明，牠走得比我自己騎馬的時候更謹慎，邁爾斯先生太有眼光了。

「如果可以的話，我一起騎馬跟著妳們吧？」

「可以嗎？那就一起吧，有什麼適合騎馬的地方請告訴我。」

於是我們三個人一起策馬出發，邁爾斯先生騎著愛馬跟在阿萊格的身側，配合我們的步調一起前進。

「對了，邁爾斯先生，你的愛馬叫什麼？」

「牠叫暗夜，軍中的人都叫牠暗夜夢魘。」

「暗夜夢魘嗎？是在戰場上被取的名字嗎？」

「我和同伴在牠年輕的時候比過一場騎馬對戰，名字是當時大家取的。」

竟然被取名為暗夜夢魘，邁爾斯先生和暗夜想必實力堅強，真想見識他們在第一線的風采。

後來我們邊休息邊策馬前進，進入了王都的北區，這裡是木工房、木材加工廠、家具製造工廠和機械紡織廠林立的區域。穿越北區後上了一段緩山坡，然後就進入一片森林，我第一次來這裡。

我們一路都走得不疾不徐，不過現在是休息時間。

「差不多到這個季節了。」

我納悶著不知道是什麼的季節，邁爾斯先生前往有好幾棵高大栗子樹的地方下馬。

我和諾娜也下馬，讓馬兒們自由活動。

地面上滿滿是裂開的栗子毬果，以山栗來說，這果仁也太大了。

「我要撿栗子，妳們請隨意。」

「我也要撿！」

我和邁爾斯先生把靴子踩在毬果上，讓毬果裂開更大的縫並挑出裡面的果仁。

邁爾斯先生喊了聲「給妳」並丟給我一個布袋，原來他也準備了給我用的袋子。

接下來將近一個小時我們都專注地撿栗子，諾娜就近欣賞阿萊格和暗夜，馬兒們伸長脖子不斷嗅她的氣味。

「不要隨便碰馬喔。」

「好～」

等袋子裝了滿滿栗子後，我再度上馬，原本想慢慢走，但是年輕氣盛的阿萊格不斷從鼻子噴氣，發出「呼嚕嚕嚕」的聲音回頭看我。

「看來牠是想跑一下，怎麼辦？我先照顧這孩子吧？」

「諾娜，妳可以跟邁爾斯先生上馬嗎？」

「欸欸？我也想一起跑。」

「諾娜今天才剛學騎馬，我不能讓妳騎全力衝刺的阿萊格，要等妳更熟練才可以。」

諾娜勉為其難點點頭，邁爾斯先生伸手把她抱起來坐在自己前面，左手牢牢抱緊她。

我踢了阿萊格的腹部，牠迫不及待立刻衝了出去。我駕著破風前行的阿萊格，並配合牠的動作。俗話說「人馬合一」，此刻我們彷彿能知道彼此在想什麼，好久沒有這種感覺了。

過了一陣子，阿萊格感覺已經跑夠了，我漸漸放慢速度停下，停在看著我奔馳的邁爾斯先生和諾娜身邊。

「維琪好帥！」

「很厲害啊，對妳刮目相看了。」

「謝謝你，好了，我們該回去了。」

我們從現在的北區山邊繞去西區，再避開人潮擁擠的南區，取道王城前方，最後返回了東區。我餵阿萊格喝水並幫牠梳理全身的毛，接著向邁爾斯先生道謝後分道揚鑣。我們在東區繞了一圈，返回約拉那女士家。

「維琪，翻越邁爾斯先生家的圍牆就是主屋了耶，可以看到屋頂。」

「是啊，但通常不會翻牆的，我們走過去吧。」

「不是通常的時候可以翻牆嗎？」

「只有在真的有生命危險的時候可以，平常絕對不能翻牆，我們走回去吧。」

「好～」

回家後，我馬上開始用小刀去除栗子的外殼。躍躍欲試的諾娜被我制止了，我說「栗子對諾娜來說還太早了」，在栗子去除了八成外殼後才交給她，請她負責將果仁的外殼去除乾淨。栗子有很多顆，去完殼之後肩膀都痠了。

接著我進行了很假日的活動，就是把積著沒做的家事處理完，然後燉煮一鍋豬五花和栗子，將一小部分的料理裝進容器中送去邁爾斯先生家。諾娜沒有跟來，她說她留在家裡就好。

「你好，我把今天撿到的栗子做成料理了，想分一些給你。」

「喔？我只知道水煮栗子和烤栗子呢。」

「栗子我用五花肉一起燉，可能滿重口味的，不過很適合當下酒菜。」

邁爾斯先生緩緩走來玄關，他的手探進懷裡，猛地朝我丟了一個東西。

我連忙側過上半身避開，並做好接下一個攻擊的準備。

「啊啊，抱歉這樣試探妳，我丟的是木頭玩具，妳放心。妳說自己只是平民可能騙得了別人，卻瞞不過我的雙眼。」

「我不是說馬術是跟軍人哥哥學的嗎？」

我輕輕將栗子燒肉留在放鑰匙的小桌子上。

「你差點毀了我精心製作的料理，真是的。」

「料理安然無恙嗎？我就知道妳有辦法在護著它的同時側身閃避。」

我只用三分之一秒左右的時間轉動眼珠檢查他丟過來的東西，那是刀刻出來的迷你木鳥。

「沒想到邁爾斯先生的惡作劇這麼邪惡啊。」

「妳可能以為自己把行家的身分藏得很好，但其實還是有一點破綻。今天妳很乾脆把孩子交給我照顧，可見妳很信任我，不過還是太大意了。」

邁爾斯先生帶我入座，並轉過身去沏茶。竟然在我面前以背部示人嗎？

「我關注的不是妳的馬術，妳的馬術還可以沒錯，但是妳的眼角總會捕捉到我吧？就算我進入視覺死角，妳還是會不動聲色讓眼角追上來，大概已經習慣成自然了。」

原來如此。

「所以呢？你接下來要對我做什麼？」

「沒有，今天看妳悉心照顧一個跟自己長得完全不像的小孩我就懂了，她跟妳非親非故吧？」

「嗯，她被拋棄的時候我正好遇到她。」

「收養小孩不是自找麻煩嗎？」

「我並不後悔，她讓我擁有了像個人的生活。」

邁爾斯先生端出了茶給我。

「剛剛真是抱歉，因為妳讓人太好奇了。」

「我再聲明一次，我是個在帶小孩的平民。」

「好好好，就當作是這樣吧。那我就說這麼一句，需要幫助的時候儘管找我吧，我好歹能幫妳拖住敵人的腳步。」

「為什麼？」

「妳很明顯還沒退休，卻佯裝普通人照顧小孩，我雖然不打算過問，不過身為一個閒得發慌的老人還是想幫幫妳。」

我微微一笑，露出組織的教科書上寫的「天真的笑容」。

「普通的平民才沒有什麼敵人，只要能請你照顧我的馬就夠了。」

邁爾斯先生徒手捏了一塊我分送他的食物丟進口中。

「喔喔，好吃。」

我正要關門的時候回過頭來。

「謝謝你，感謝你招待的茶。」

「謝謝你的建議。」

「不客氣，以後接近高手的時候要特別注意。」

這一天是外語課。

諾娜得意洋洋對克拉克少爺說「我知道有一間店的蘋果派很好吃」，我正在批改兩人筆記本上的單字拼音，聽到他們窸窸窣窣交頭接耳的對話。

「真的這麼好吃嗎？」

「嗯，蘋果派超級好吃，派皮酥脆，蘋果多多。」

「啊，真好，我最愛蘋果派了，每天都想吃。」

「下次要一起去嗎？」

「一起去？可以嗎？」

「可以啊，我和維琪帶你一起去。」

「萬事拜託了。」

唉呀呀，先等一下。

這對話太可愛了吧，批改答案的我都忍不住抖起手了。

「克拉克少爺，你要跟我們一起去吃蘋果派嗎？」

「要，老師，我想去！」

「那明天巴納德老爺那邊的工作結束，我就來接你。」

「不用，我去舅公家找妳們就好，這樣比較快！」

傷勢痊癒的巴納德老爺已經返回自己家了。

在約好要吃蘋果派之後，我們三個人今天一起來到了薩赫洛先生推薦的南區點心店。我們在店裡角落的飲食區點餐，克拉克少爺和諾娜點蘋果派，我點了厚實的奶油蛋糕，三個人選的飲料都是茶。

「老師，蘋果派好好吃喔，我們家大概是因為家母和家父都不太愛甜食，廚師也不太常做點心。」

「是喔，機會難得，克拉克少爺就儘管吃吧。」

克拉克少爺吃蘋果派吃得很陶醉，諾娜不知道為什麼一臉「怎麼樣啊」的得意表情。美少女志得意滿的表情真是妙不可言啊。

我們開心地享用甜點時，一個年約五十的女客人進來店裡，從服裝和語氣研判她多半是貴族的傭人，她好像在店後面討論什麼。

「非常對不起，蘋果派已經售完了。」

「唉呀，連一片都不剩了嗎？」

「對，非常對不起。」

「唉……怎麼辦？」

啊，可能是因為我買了一整模想給克拉克少爺帶回家吧。女客人看起來傷透了腦筋，我不急著今天要，不如就讓給她吧，於是我對她說：

「我買了整模蘋果派當伴手禮，如果妳不介意就讓給妳吧？」

「可以嗎？」

「可以，我改天再買無所謂。」

女客人不斷鞠躬道謝，離開前也轉頭看我們，小心翼翼揣著蘋果派離開。

「老師，妳那麼愛吃蘋果派嗎？」

「我是很愛蘋果派，不過我本來是想買給愛瓦女士和伯爵享用的。要是他們不愛甜食我就改買別的，反正好吃的東西還有很多。」

這件事到此告一段落。

當天心滿意足的克拉克少爺上了安德森家的馬車，我和諾娜目送他離開後也回家了。

我們在浴缸裡泡澡，很奢侈地用約拉那女士送的高級香皂洗身體。

洗完澡後，我和諾娜面對面躺著，睡得很安詳，諾娜喜歡和我同床。

六歲小孩已經可以自己睡了，不過考慮到她的身世，我希望能彌補她以前白天黑夜都只有自己的孤單，因此還是選擇同床睡。我習慣在諾娜睡著後起床讀讀書、翻譯巴納德老爺的資料或鍛鍊身體。

過了一個星期。

「維多利亞啊，聽說妳認識漢森男爵的侍女？」

「漢森……不，我沒有印象。」

「漢森男爵和我家老爺有公務上的往來，今天他夫人帶著珍貴的茶葉來我家，同行的侍女認得克拉克，說妳把蘋果派讓給了她。」

「啊啊！我知道了，是上星期在南區的甜點店遇到的人吧？她知道蘋果派賣完後大失所望，我就把我買的轉讓給她。」

愛瓦女士恍然大悟點著頭，我也以為這件事就到此結束了。

又過了三天，漢森男爵夫妻帶著那名侍女造訪了安德森家，不知道為什麼我和諾娜也被叫了過去。

「維多利亞，漢森男爵有事想跟妳們說。」

倘若只是要答謝蘋果派之恩，這陣仗未免太大了，我心中有不好的預感。

我和諾娜一進入安德森家的會客室，這對很有貴族樣的夫妻就從椅子上站起來看向諾娜。夫妻兩人都是金髮，夫人一手摀著嘴，眼眶泛淚。

（咦？這兩個人該不是諾娜的父母吧？）

他們的氣質和諾娜頗為相像，讓我忍不住懷疑。

「你們好。」

我和諾娜打完招呼後，男爵一臉感慨的樣子。

「維多利亞，妳請坐吧，這位是漢森男爵和男爵夫人。男爵，這位是維多利亞，這孩子是諾娜。」

我們一坐下，他們就緊盯著諾娜看。

「唉，我聽侍女說的時候還半信半疑，可是真的很像啊。」

「是啊，一模一樣呢。」

「不好意思，請問是什麼意思？」

我問完，男爵夫人以手帕按住眼角開口說：

「小女三歲病逝，如果她活到六歲大概就是長這樣吧，簡直一模一樣。」

「然後啊，維多利亞，漢森男爵說想收諾娜為養女。」

「……」

愈是不好的預感愈容易成真。

「真是抱歉，我不打算過繼這個孩子。」

「維多利亞小姐，希望妳仔細思考，聽說妳單身，還要邊工作邊照顧小孩。她若是我們家的養女，我們能讓她衣食無虞，以後可以招贅親戚的男孩繼承我們家業，妳不覺得過繼也是為了這孩子好嗎？」

是啊，以身分地位和經濟能力來說確實如此。

「維琪，你們在說什麼？」

「我們在討論諾娜要不要當這位男爵的小孩。」

「咦咦？我不要。」

此時男爵夫人插嘴。

「六歲小孩不懂這件事的重要性，他們一定會選擇比較熟悉的人，但是大人都該為孩子的幸福打算，要是妳有個三長兩短，這孩子就要流落街頭了吧？」

我若是生病受傷無法工作，確實就走頭無路了。

男爵見我陷入沉默就乘勝追擊提議說：

「諾娜，怎麼樣？要不要來我們家試住一星期就好？妳現在可能不知道貴族過的是什麼生活，但是來體驗看看或許會改變心意喔。」

「對啊，我們會為妳訂製禮服，還會買很多配得上妳美麗眼睛的飾品。妳可以去看戲，也可以自由使用妳專屬的可愛房間。」

他們以為小孩一旦奢侈過就會心動了嗎？我家的諾娜又不是那麼膚淺的人。

我以為以愛瓦女士的個性和雙方的家族地位而言，可以把這個收養的提議拒絕得一乾二淨，但是不知道為什麼愛瓦女士的說詞卻相當委婉。

「漢森男爵，諾娜是非常活潑的孩子，以貴族的教育與禮儀養育她可能有困難喔。」

「不不不，安德森伯爵夫人，這部分就儘管交給我們吧，這孩子只要在我們家生活一個星期，肯定會改變心意的。」

照顧諾娜的明明就是我，他們卻沒把我的意見和存在當一回事。我忍無可忍，決定果斷地回絕這樁提議。

「我再聲明一次，我……」

「住個七天就好嗎？還是六天？」

諾娜的話讓我啞口無言，男爵夫妻則是喜出望外。

「六天，七天也可以，妳好聰明。」

「我太開心了，諾娜。」

諾娜冷靜的側臉讓我看了錯愕。

（為什麼？我們不是處得很好嗎？生活不是很愉快嗎？）我忍不住想質問她。

「諾娜？為什麼……」

「住了六天後不喜歡的話可以拒絕嗎？」

「當然啊，來吧，既然如此今晚就過來住吧？」

「嗯，好啊。」

（等一下，今晚開始？）

「男爵，請等一下，諾娜沒帶換洗衣物或其他用品來。」

「維多利亞小姐，不用帶換洗衣物來，我們全都會準備。啊啊，可以替這孩子買禮服了，老公，這簡直是在作夢啊。」

「是啊，回家路上想買多少就儘管買吧。」

諾娜被他們帶走了，就此消失在我面前。我面無表情揮手目送諾娜上馬車離開，內心一團亂。

「老師！諾娜為什麼上了那家人的馬車？」

「克拉克少爺，你說呢？這是為什麼？」

「咦？老師？」

「真是抱歉，我要回去了。」

我走著走著，陷入無邊無際的沮喪之中。我踉蹌走進約拉那女士的宅邸大門時，正在照顧花圃的夫人叫住了我：

「唉呀，維多利亞，諾娜去哪了？」

「她要去男爵家住一星期。」

可能是我的言行有異，約拉那女士聽了之後表情很嚴肅。

「怎麼了？」

我如實轉述了剛剛發生的事。

「就是這樣，要是諾娜喜歡貴族的生活似乎就會成為他們的養女。」

「諾娜同意了嗎？」

「應該是。」

「喔？是喔。男爵是叫漢森嗎？啊啊，原來啊，他們是想讓她當過世孩子的替代品吧。」

「好像是。不好意思，約拉那女士，我內心有點混亂，先回房間了。」

我讓腹部出力穩住自己的腳步往前走，約拉那女士從後方對我喊話。

「這件事一定不會順利的，除非我看走眼，否則諾娜會拒絕他們回來的。」

傍晚的天空漸漸暗了下來。

我無心做任何事，在椅子上一坐就坐到天黑，天黑了依然無力站起來。

沒想到諾娜會同意得這麼乾脆，還以為她會當場回絕。我總以為諾娜未來會一直陪伴在我左右，想到她不帶感情的話語和順利空翻時興高采烈的笑容，我的眼淚都要掉下來了。

孤伶伶的房間冷颼颼的，難道我以後都要過這種生活嗎？想到這裡我就全身無力。仔細想想，在脫離組織之前我身邊隨時都有人在，來到這個國家之後也有諾娜常伴左右，想不到在體驗過像個人的生活後，會回歸真正的獨居生活。

門外突然傳來「咚咚咚」劇烈的敲門聲。

「維多利亞！妳在嗎？」

是團長先生的聲音。

（唉，真不想讓他看到我沒精打采的樣子。）我沒有應門，結果他又繼續喊。

「妳在吧？妳不開門我就破門而入了！」

拜託不要，修理費也是一筆錢耶。

「門沒有鎖。」

團長先生猛地打開門進來，他看到全黑的房間愣了一下，然後立刻走向放了一盞燈的小桌點燈。

「我看一片黑漆漆的好擔心啊，是約拉那女士聯絡我的，她說她很擔心妳，要我趕快過來。聽說諾娜去貴族家了嗎？」

「我一直以為諾娜還小，以為她會一直陪伴我，但她明明就有決定她自己人生的權利。」

「維多利亞。」

團長先生站到坐著的我身邊，手搭在我肩上。

「我覺得諾娜去那裡有她自己的考量。」

「對啊，我也這樣覺得，畢竟她很聰明。可是如果我是外人，我也會覺得過繼是可行方案中條件最優渥的。與其被我這種外國的單身女子照顧，不如被這個國家的貴族收養，獲得身分地位和生活上的保障，這樣對她更有利、更安全也更幸福。」

搭在我肩上的手輕輕動了一下。

「不要把自己講得那麼卑微，妳很了不起，妳能夠憑一己之力堅強活在這個世上。而且諾娜一定會回來的，我相信。」

「不要回來對她而言更幸福，所以我才糾結啊。」

「維多利亞……諾娜的幸福是什麼她自己會決定，她沒問題的，她會選擇妳、選擇回來的。」

低沉而溫柔的聲音在我胸口迴盪，搭在我肩上的溫暖大手讓我內心湧現了一些力量。

如果能與諾娜繼續一起生活，我想為她做的還有好多。

「是啊，我要替她把布鈕釦縫在衣服上，希望她回來看到會喜歡。」

「沒錯，動手做點其他的事或許能分散妳的注意力。」

我緩緩站起來對團長先生鞠躬。

「謝謝你，我沒事了，我做點吃的吧，你吃晚餐了嗎？」

「沒有，我正要吃的時候就收到約拉那女士的通知了。」

「那我來做點什麼，你吃了再走吧。」

我用家裡現成的食材煮了蔬菜湯，並用香料把豬肉慢慢煎出香味。平常的調味都比較清淡，今晚則是用了較多的辛香料，調成適合大人的口味。除此之外還有昨天剩的麵包，麵包已經有點硬了。

「我只有這些。」

「已經很夠了，看起來很好吃。」

諾娜會回來嗎？

就像團長先生所說的，儘管孩子只有六歲，她的幸福最好還是讓她自己決定。被別人決定的人生，只要過得不順遂就煎熬無比，但自己選擇的人生，就算有些風風雨雨也堅持得下去，畢竟她那麼堅強又聰明。

「我是覺得諾娜一定會回來，但妳反對的話也不必客氣，可以去男爵家把她帶回來，如果妳不敢自己去，我陪妳。」

我想了想，搖搖頭。

「我尊重那孩子的意願，我等她。」

「是嗎？妳改變心意隨時可以聯絡我，我陪妳去。」

團長先生在餐後還是一直憂心忡忡的，最後他說「妳早點睡吧」然後離開了。

過了沒有諾娜的一晚，隔天早上到來。

「諾娜不在的時候，就過獨居的生活吧。」

我調適好了心情，早上騎阿萊格奔馳，三餐吃得簡單，比起味道更重視營養。得空的時候我一個勁編織黑色假髮，假髮已經快完成了。

傍晚助手的工作結束後，我造訪了邁爾斯先生家，希望能確認一些事。

「喔？怎麼了？」

「邁爾斯先生，可以請你陪我練武嗎？」

「啊啊，好啊，妳要用什麼武器？」

「我是用刀刃用鈍的短劍。」

「那我拿空揮用的練習劍吧。」

邁爾斯先生的練習劍是把沉甸甸的好貨，要是被狠狠打中多半會骨折。我們連寒暄都還沒寒暄完，對話就一句接一句下去，可以感覺邁爾斯先生很興奮。

「好，隨時可以開始。」

「那我上了！」

邁爾斯先生架起劍來，我跑向他，在他面前往上跳然後凌空轉圈，從後方踢向他的左肩。吃了我一腳的邁爾斯先生站穩腳步後轉過頭來，把練習劍用力往我身上砍，我在千鈞一髮之際閃過劍勢後立刻架起短劍。

我一劍劍不斷閃避他砍過來的攻擊，然後猛力橫揮，將短劍送去他的下腹部。邁爾斯先生瞬間往前傾，我跳向他後方，左手勒住他的脖子，右手的短劍同時抵在他額頭上。

「好，你的雙眼被砍了。」

「被擺了一道！可以再來一次嗎？」

「幾次都奉陪。」

接下來的對戰一直是勢均力敵，邁爾斯先生這把年紀了還這麼能打，現役的他我大概打不贏吧。我們都打得氣喘吁吁，汗水多到流進了眼睛。我架著劍調整呼吸，此時邁爾斯先生問我：

「那孩子去哪了？」

「她去住別人家了。」

在我回答完之前，邁爾斯先生就砍了過來，我用短劍接住。失策！我的右手麻了。

我以短劍全力抵抗，左腳同時往邁爾斯先生的慣用腳，也就是右腳的髕關節踢過去。

「唔。」

我氣喘吁吁對發出呻吟的邁爾斯先生說：

「我原本是想踢胯下的。」

「老人的髕關節形同要害了。」

「就這種時候才說自己老。」

我莫名覺得好笑，忍不住笑了出來。

「請先暫停一下。」

「暫停是可以的嗎？」

「我笑到停不下來。」

「妳終於有精神了嗎？」

「對。」

「那要喝點茶嗎？」

「好！」

邁爾斯先生什麼都沒問，我們喝完了茶。

「妳隨時可以來喔，今天真是開心。」

他笑著送我離開，我的精神恢復了八成，想確認的事也確認到了。

接下來幾天我全心投入工作，克拉克少爺垂頭喪氣的，不時對我投以責備的眼光。

「克拉克少爺，我知道你想說什麼，但是我尊重諾娜的意願。」

「要是我，我就絕對不會讓諾娜走。」

克拉克少爺從頭到尾都滿臉的憤憤不平。

我每天早上持續跑步和騎馬，認真找一找，還是有很多我該做的事。

黑色假髮也編完了，我把假髮修剪到及肩的長度，幾條頭髮一束綁起來剪。這頂假髮修成比較短的髮型，剪下來的頭髮就做成小孩用的假髮。剩下的髮量只能做出男生的短髮，我一邊動手一邊想著諾娜很適合喬裝成黑髮小男孩。

六天過去，在諾娜決定去留的前一天晚上。

細碎的小聲音讓我醒了過來，我從綁在床底下的布袋抽出匕首，這是對戰用的雙刃短劍。

我抽出匕首後靜靜站在玄關門旁。

外面的人輕輕轉了門把，不過我的門本來就有上鎖，我側耳傾聽，聽到腳步聲往廚房窗戶那裡移動。

我思考了一下，決定從臥房的窗戶跳出去。我靜靜繞行房子周圍的地磚，架著匕首轉過兩個屋角，打算在對方從廚房窗戶入侵的瞬間刺向他臀部。

沒想到我在月光照耀下看到的是奮力想打開廚房窗戶的諾娜，她身穿一襲純白的蕾絲睡衣，腳上是室內穿的精緻白色絹布拖鞋。

「妳在做什麼？」

「哇啊！嚇了我一跳！」

「三經半夜的我才嚇了一跳，妳先進來吧。」

「好～」

我回家點了燈，把髒兮兮的腳底板擦乾淨。諾娜在客廳脫下身上的睡衣。

「這件蕾絲礙手礙腳的，好討厭。」

「妳怎麼半夜穿成這樣自己跑出來？這不是在對壞人說『請來攻擊我』嗎？為什麼會變成這樣？」

只剩一條內褲的諾娜說著「等我一下」回到自己房間，拿出她喜歡穿的藍色法蘭絨睡衣。

「其實啊。」

她說著把柔軟的法蘭絨睡衣從頭上套下，然後在扣鈕子的同時解釋了事情的來龍去脈。

「今天我的房間被鎖起來了，他們叫我桃樂絲，還要我叫他們父親母親。我才不要，我又不是桃樂絲，他們也不是我父母。」

雖然對男爵夫妻很不好意思，但是果不其然啊。

「那妳是怎麼逃出宅邸的？房間不是被鎖起來了嗎？」

「我跳出二樓窗戶懸掛在扶手上，然後放手，落地時有在地上滾一圈喔，跟我學到的一樣順利！」

諾娜沾沾自喜的樣子讓我不禁莞爾。那是我說在緊急情況才能使出的手段，因此諾娜焦急地辯解。

「門被上鎖是緊急情況，被當過世小孩的替代品也是緊急情況。」

一股虛脫的笑意在我心底湧起，我熱了杯牛奶，加了點蜂蜜交給諾娜，她邊吹涼邊慢慢喝。

「妳本來就知道自己是他們死去小孩的替代品不是嗎？上鎖確實很不人道，不過我覺得妳一開始就不該答應吧？」

「當時愛瓦女士很為難啊，她為難的時候都會緊緊握住手帕，那時候也握住了，所以我才說好的，反正不是說可以拒絕嗎？」

喔？諾娜也注意到愛瓦女士的異狀了嗎？

「妳看過愛瓦女士為難的樣子嗎？」

「有啊，有一次我對克拉克少爺膝擊的時候，愛瓦女士正好進來房間，她那時候就握緊了手帕。」

等等等等，對克拉克少爺膝擊？

「等一下喔，妳對克拉克少爺膝擊過嗎？」

「有啊，是他叫我示範要怎麼做的，維琪不用擔心，我沒有說『就是這樣再這樣』，也沒示範給他看。」

妳都在我不知道的地方做了些什麼啊？

隔天早上，我在帶諾娜去漢森男爵家之前，先拜訪了路上會經過的安德森伯爵家，我想向愛瓦女士賠罪。

「昨天半夜諾娜逃出男爵家跑了回來，他們府上應該很擔心，我們待會就去漢森男爵家賠罪，在去之前想先來報告一聲。」

我低頭鞠躬，諾娜也學我低頭鞠躬，不過愛瓦女士搖搖頭。

「不用，妳們不必去了，我這邊會聯絡他們。這次都怪我沒有果斷拒絕，難為妳和諾娜了。」

愛瓦女士說完就對侍女低語幾句，侍女迅速走出了房間。

「那是四年前的事了，王都流行一種會發高燒的感冒，克拉克也感染過，高燒連續五天都沒退。幸好他順利熬過那場感冒，但是有不少小孩與老人都死於高燒。」

每幾年就會流行一次讓人久病難癒的感冒，感冒端看每個人的體力，體力差的人病逝也是天命，無可奈何。

「但是啊，我家老爺不是外務大臣嗎？當時外面謠傳說『他用了外國的良藥』。他以前取得過效果很好的燒燙傷藥，那時候自認好用就分送了出去，所以這次才會引起這種誤會。不管他再怎麼澄清，流言都沒有消失，當時漢森男爵來到我家，他對謠言信以為真，淚流滿面拜託我們把藥讓給他。他說他甘願傾家蕩產，不然女兒再燒下去會沒命，儘管我們再三強調我們沒有用藥……」

啊啊，原來啊。

漢森男爵夫妻對於當時的事依然懷恨在心，又或者是愛瓦女士如今依然愧疚不已嗎？所以她才沒辦法強硬回絕收養的提議啊。

「愛瓦女士，安德森家不必為此負任何責任啊。」

「按理說是啊，但是他們不講道理的，不講道理就棘手了。或許他們理智上也知道我們並沒有用藥吧，總之這件事與妳們無關，很抱歉把妳們牽扯進兩個家族的糾紛中，真是對不起。」

最後我和諾娜前往巴納德老爺的宅邸。

「愛瓦很照顧我沒錯，但自己家裡就是舒服。」

「看到巴納德老爺有活力，我也很欣慰。」

諾娜將路邊綻放的一朵小黃花送給他。

「給你！巴納德老爺！」

「喔喔，我第一次收到小美女送我的花。」

我設身處地為男爵夫妻想了想。

縱使是只和諾娜相處幾個月的我，在以為自己失去她的時候都那麼孤單了，真不知道失去三歲親生女兒的他們是多麼哀莫大於心死，我這次稍微體會到了那種沉痛。

我回家之後燉了一鍋肉，同時用濕抹布東擦西擦，並把窗戶擦亮。光是想像諾娜消失在這個世界上，我就忍不住自己的眼淚。愛瓦女士後來通知我說「事情都處理好了，妳放心吧」。

隔天，漢森男爵家寄來好幾箱行李和一封信。

「我們決定返回領地專心理政，很感謝妳們給我們這段片刻的時光，讓桃樂絲彷彿又回到了我們的身邊。

威廉・漢森」

這些箱子裡裝著高價的禮服、鞋子、飾品、內衣、睡衣、室內鞋和包包，諾娜雖然不甚感興趣，但是我看著這些東西覺得很揪心。

房門上鎖確實太過火了，不過在知道諾娜逃出家門一去不復返的時候，在決定將這些東西脫手的時候，這對夫妻又是什麼樣的心情？他們已經坦然接受沒有人能取代自己的小孩了嗎？

我猛然想到，我父母送八歲的我離開時，是不是也覺得依依不捨呢？雖然我再也問不到他們了，但是我真想問問看。他們若還在世會說：「當然很捨不得啊。」這樣的回答嗎？真希望會啊，儘管事到如今想這些也無濟於事。

向約拉那女士和團長先生報告說諾娜回家、男爵返回領地後，這件事到此落幕。

夜裡，我和諾娜好整以暇吃晚餐。

吃著吃著有人來敲門，是團長先生來找我們了。

「啊，維多利亞，我要向妳報告。」

「怎麼了？」

「愛瓦夫妻去找家兄商量諾娜的事，家兄去提醒漢森男爵『不要忘了，在雙方同意並跑完正式手續之前，諾娜的監護人都還是維多利亞』。除此之外，他也順帶提醒說妳的保證人是我。」

「連亞瑟伯爵都為我出動了啊。」

「家兄和男爵似乎有些來往。」

伯爵家主動來談，應該讓漢森男爵相當詫異吧。

「在女兒過世之後，漢森男爵的夫人似乎有好陣子都失魂落魄的，她曾經強行把平民金髮少女帶回宅邸，並說『我找到迷路的女兒了』。」

「天哪……」

「事關漢森家的面子，女孩的家人和男爵家的傭人都被下過封口令，但是不知道家兄從哪裡聽來的，總之他知道這件事。我以前不知道，愛瓦夫妻也不知道。」

我之前只覺得男爵夫人情緒起伏比較大，沒想到發生過這樣的事。

「家兄好像很擔心：『諾娜和他們女兒長得那麼像，會不會就算諾娜說不，夫人也不願意放人？』」

「團長先生，我近期再去向亞瑟伯爵致謝。」

「不必謝了，家兄很感謝妳對巴納德舅舅的照顧。如果不道謝妳過意不去的話，就做點什麼下酒菜給他吧，他會很高興的，我幫妳送去。」

團長先生笑著離開了。

「諾娜，外宿的時候他們有對妳做什麼可怕的事嗎？」

「沒有，但是只有夫人在的時候有點討厭，她一直叫我桃樂絲，還哭著說全家團圓了，好可怕。」

太令人不勝唏噓了。

「但是我不在意了。」

「妳很堅強呢，而且很善良。」

「維琪。」

「怎麼了？」

「我們不能跟傑佛一起生活嗎？」

她是因為自己差點變成別人家的成員，才會連想到這裡去嗎？我無法回答什麼，只能摸摸諾娜的頭。

我心中想的是，（但願可以，但是事與願違啊。）

第十一章 出境準備

維多利亞、諾娜和傑佛瑞走在王都的大路上，維多利亞回想起初來乍到這個國家的那一天。

她從哈格爾王國來到艾許伯里時，原本是打算每半年搬一次家，或是搬去其他國家，並不打算久居一處，至少三年內都想過游牧的生活。

哈格爾的特務隊不斷培育出新的隊員，維多利亞認為比起投資在自己身上的錢，搜查她的下落應該更花錢，他們大概不會浪費這筆費用。

然而幾天前的某件事，讓維多利亞打定主意要搬家了。

在和邁爾斯先生過完招之後，她確定他並非那棟房子的屋主。真正長住在那棟房子的屋主是左撇子，個頭也更小。

一開始她覺得事有蹊蹺，是因為黃銅門把的變色位置是左撇子長年握出來的。

她知道有些人雙手都是慣用手，於是心生了測試他的念頭，最後在單挑戰中確定了答案：邁爾斯先生是單純的右撇子。

除此之外，玄關旁的工具區放著擦拭工具用的舊襪子，那雙襪子的尺寸邁爾斯先生完全穿不下。家中處處有釘子，物品井然有序掛在釘子上，那些釘子正好位於邁爾斯先生眼睛的高度，他若是真正的屋主不會這樣釘。

「前諜報員住家後方住著一個武藝高強的退役軍人，然而真正的屋主另有其人，退役軍人在我開始慢跑的幾天後，在我慢跑的路線上休息。」

這已經不是偶然了吧，是有人派邁爾斯先生住在那裡監視自己的動靜。

就算一切都是自己天大的誤會也無所謂，她的直覺在催促她「馬上搬家」。

選擇以突然銷聲匿跡的方式離去，對她來說也是心如刀割，因此她決定寫信給所有照顧過自己的人，在信中寫下感謝，並針對突然搬家一事賠罪。

信函總共有八件，維多利亞決定不去理會胸口的疼痛了。

在我和邁爾斯先生過招前不久。

上完一輪外語課之後，克拉克少爺問我：

「老師，哈格爾王國很冷嗎？」

「好像是啊，我看過書上寫說十一月就會下雪了。」

「家父說下次去哈格爾王國出差的時候會帶我一起去，真希望老師和諾娜也同行。」

「期待克拉克少爺回來跟我們分享這段旅程呢。」

「維琪，哈格爾很遠嗎？」

「是啊，滿遠的，坐馬車單程至少要三星期。」

「那就算了，我不要去哈格爾，蘇珊小姐在教我編蕾絲。」

沒錯，每次諾娜去蘇珊小姐房間住都會梭編一點蕾絲。梭編蕾絲很費工，使用的是小梭子而非棒針或鉤針，需要左右移動纏繞織線的梭子，讓織線交織在一起。蘇珊小姐很擅長梭編蕾絲，她給我看的成品精緻又漂亮。

諾娜除了很愛活動筋骨，也喜歡這種細膩的手上功夫，還會專心一意替我把銀湯匙擦亮，她的這些地方都有點像我，讓我很欣慰。

就算天崩地裂我都不會回哈格爾王國，更不可能帶著諾娜去，倘若特務隊的人見到她，一定會把她送進培訓所。

傑佛瑞在自己老家與母親柯特妮聊天。

「傑佛，我很高興你擔心我的身體，但是你忙的時候就以自己的事為優先吧。」

「我是輕鬆的單身漢，沒什麼事要忙的，母親。」

曾經的伯爵夫人柯特妮微微一笑，歪了歪她的一頭金髮。

「我聽艾德華說你和一個小姐走得很近，你什麼時候才打算把她介紹給我啊？」

「這……可以再等一下嗎？目前什麼都沒有確定。」

「唉呀呀，勇猛果敢的第二騎士團團長先生這麼謹慎喔，你若是擔心門戶有別，我可以替你想想辦法啊。」

門戶不是問題所在。

維多利亞明明不討厭自己，但是他往前一步，她就退一步，這恐怕……

此時傑佛瑞忍住了嘆氣的衝動。雖然時間才過傍晚不久，但是他先向母親道完晚安回到自己房間，回房裡才坦然地嘆了口氣。

在晚宴上，她比全場所有人都更早發現形跡可疑的男子。他現在認為讓歹徒在庭園中昏倒的可能也是維多利亞，她能把武藝高強的喜多力克殿下逼到骨折，自己卻毫髮無傷。

維多利亞精通四國語言，不但掃除烹飪樣樣通，體術和劍術又勝過喜多力克殿下，而且還善於爬樹，知道這一切的恐怕只有自己。

他自己推論的結果只有一個。

就是「叛逃的諜報員」。

諜報員從小就被洗腦要效忠組織，而且酬勞優渥，因此沒聽說叛逃的案例，但是凡事都有例外。

「靠近我或舅舅沒有任何好處，安德森家的家教老師也是被拜託她才接任的，看她的年齡應該不至於是引退吧，既然如此……」

如果是從組織叛逃而來的話，一切都說得通了。她既不願意提及過去，也從不吐露自己的恐懼。由此可見，維多利亞．塞勒斯多半是假名。

每次想到這裡都會繞回原點。

倘若他要和她攜手過下半輩子，最好的辦法就是從家族除籍降為平民，以免造成哥哥與哥哥家人困擾，騎士團長之職當然也要辭去。

「乾脆把心一橫，帶她和諾娜一起去其他國家怎麼樣？」

他翻來覆去想過好幾次了，幸好自己身體健壯，假如是去周遭國家，語言也有辦法克服，去國外總有辦法謀個差事養家餬口。

然而重點在於維多利亞似乎在釋放「你不要過問」的訊息。

總覺得只要攤牌說「和我一起生活吧」，她就會帶著諾娜消失無蹤。她只要真心想銷聲匿跡，自己肯定踏破鐵鞋無覓處。

傑佛瑞的手指用力纏繞自己光澤亮麗的銀髮，然後仰頭看向天花板。

在維多利亞家，諾娜放下讀到一半的書問廚房的維多利亞：

「維琪！傑佛下次什麼時候來？」

「不知道，團長先生很忙的啊。」

「真希望傑佛過來。」

「對啊。」

叩叩叩，有人來敲門了。

「一定是傑佛！」

諾娜正打算開門的時候停下了動作，在開門前要確認對方的聲音，這是這個家少數的規則之一。

「妳們好，我買了美味的烤栗子來喔。」
諾娜一聽到熟悉的聲音連忙開門。
「傑佛！你好！哇，烤栗子！」
「啊，團長先生，謝謝你總是這麼費心。」
傑佛瑞和維多利亞、諾娜一起吃烤栗子，一邊有說有笑閒聊。
他很珍惜這段只要強勢往前一步就可能消失的吉光片羽。

傑佛瑞走了之後，維多利亞把不能見光的東西丟進暖爐裡燒。
「維琪在做什麼？」
「嗯？整理東西。諾娜，妳可以把真的很重要的東西塞進肩背袋裡嗎？」
「重要的東西只有一個，這個！」
諾娜給她看的是她收留諾娜第一天買的藍色緞帶。
「是喔，那妳可以幫我把一天份的換洗衣服和內衣褲放進後背包嗎？」
「好～」
搬家的事拖到最後一刻再告訴諾娜吧，要是她不小心說溜嘴就麻煩了。
如果團長先生力挽狂瀾，如果克拉克少爺傷心欲絕，如果巴納德老爺和約拉那女士黯然神傷。
（不行，時機已經到了，我不是一開始就決定好了嗎？）
維多利亞看向諾娜，儘管暫時無法讓諾娜過上安逸而穩定的生活，但是她沒有忘記，她答應過諾娜絕對不會拋棄她。

此時維多利亞發現諾娜的臉莫名紅潤，眼睛也水汪汪的，她連忙把額頭靠在諾娜額頭上。

「糟糕了，妳發燒了啊。」

維多利亞將裝有新偽造身分證的袋子輕輕放在房間角落，趕緊讓諾娜躺下來。

過了幾天。

維多利亞持續在照顧諾娜。

諾娜得的好像是流行感冒，不但會發燒，咳嗽也很嚴重，沒有食慾的她只能稍微喝點水或兌水的果汁。維多利亞想起愛瓦女士提及的流行感冒，愈想就愈被負面情緒籠罩。

（沒問題，諾娜很有體力的。）

維多利亞不斷說服自己，但是這是她第一次照顧生病的孩子，到底病情會惡化還是好轉，她毫無頭緒。她只能把敷在額頭上的溫熱布巾泡水擰乾，或者在諾娜流汗時幫忙換衣服，只能做這些小事，自己也心急如焚。

「維琪，對不起。」

「有什麼好道歉的？小孩生病是沒辦法的事，妳好好睡覺才能早點痊癒。」

「嗯。」

發燒和咳嗽一直不見好。

然而第四天之後諾娜就退燒也有食慾了，雖然咳嗽還是有痰，但是也漸漸穩定了下來。

「諾娜好像戰勝病魔了。」

「我不會不舒服了。」

「是嗎？太好了，再來妳只要吃飽睡飽就會好了。」

「我想吃蘋果派。」

「蘋果派再等等吧，對肚子太刺激了。」

發燒後過了十天，諾娜已經徹底康復了。

「但是還不能騎馬移動吧。」

維多利亞如此研判。

間章 哈格爾王國的廚師

哈格爾王國的諾曼．海蘭締伯爵來到了艾許伯里王國。

諾曼的領地興盛木工業，他們將艾許伯里產的優質木材海運回國，製作成高級家具。諾曼出訪國外時，廚師戴夫也同行，他想讓廚師品嚐國外的美食並回宅邸做給他吃。

諾曼這次順利採購木材、大啖美味海鮮準備歸國的時候，收到艾許伯里的貴族訂購大量家具的訂單，對方希望將家中家具都換成諾曼商會的商品。

他決定延後歸國時間，並與廚師戴夫共同前往艾許伯里的王都。

行經王都的鬧區時，馬車中的戴夫在人潮中看到一張熟悉的臉孔，他的臉靠向窗戶。這張熟悉的臉孔是女廚師卡蘿。

卡蘿是戴夫在前一個職場的徒弟，介紹她來侯爵家的貴族說她是「朋友的女兒」。

卡蘿很有烹飪的天分，應該可以成為好廚師。侯爵家年輕的準繼室夫人很喜歡她，常常找她聊天。

然而某一天侯爵突然失勢了，年輕的準繼室夫人火速拿了自己的寶石就跑，不知道為什麼卡蘿也跟著消失。戴夫寫信報告這件事，讓託付卡蘿給自己的人知道，想不到回信的內容很冷淡，只寫著「不用擔心卡蘿」。

剛剛和卡蘿同行的銀髮高個子看起來是貴族，還有一個是金髮美少女，他們和樂融融地笑著走在路上。

（卡蘿也嫁入貴族家成為繼室了嗎？對了，不知道那個年輕的準繼室夫人過得好不好，她好像很愛粉紅色的禮服，好幾件禮服都是略不相同的粉紅色。）

戴夫想起了這件事，但是主人一叫他他便回過了神來。

後來戴夫與主人一同返回哈格爾王國。

某一天，他在採買完離開市場的路上注意到一名男性。他在侯爵失勢前把自己引薦給侯爵，是自己的貴人，戴夫追著準備上馬車離去的那位伯爵喊道：

「伯爵，伊斯利伯爵！好久不見了，我是廚師戴夫，有勞您將我引薦給侯爵。」

「啊啊，是你啊，你過得好嗎？」

「我很好，我現在在海蘭締伯爵家工作。」

「是喔是喔，以後也要好好加油。」

伊斯利伯爵一副「事情已經辦完了」的樣子準備對車夫發號施令，但是他聽到戴夫下一句話就停下來了。

「很抱歉伊斯利伯爵將卡蘿託付給我，我卻沒能幫上忙，不過我在艾許伯里遇見她了，她好像過得不錯。」

「卡蘿？你看到她了？你確定是卡蘿嗎？」

「對，她整個人變得很漂亮，看起來很幸福。」

接下來伊斯利伯爵連珠砲問了戴夫關於卡蘿的一切。
見到卡蘿的地點、同行的人物、甚至卡蘿的服裝髮型，伊斯利伯爵等戴夫全部回答後才放他走，留他一個人在原地呆若木雞。

這裡是哈格爾王國特殊任務部隊的中央管理室。
「這是真的嗎，伊斯利伯爵？」
「嗯，和她共事五個月之久的廚師這樣說，不會有錯的。」
接下來藍寇徹底盤問了伊斯利一番，同時做了筆記。
伊斯利伯爵離開後，藍寇向隊員報告：
「找到克蘿伊了。」
一臉詫異的隊員們聚集了過來。
「聽說她在艾許伯里的王都。」
「所以……克蘿伊是叛逃了嗎？」
「看來是這樣。」
隊員之間引起一陣騷動，他們彼此面面相覷。
「艾許伯里？」「為什麼王牌要叛逃？」

「我去找克蘿伊回來，丹、雅各，你們一起來。」

「是，但是室長不必親自出馬，我們兩個就……」

「你們能說服她同意，並且毫髮無傷帶她回來嗎？特務隊要的不是沉默的屍體，我們的目的是奪回克蘿伊的技術和才能。」

看到藍寇銳利的眼神，出言建議的丹神情僵硬。

藍寇想立刻取得許可出發找人，不過宰相讓他等了一陣子才進房。

「你沒必要特地去一趟，失去克蘿伊雖然遺憾，但是你死了這條心，別想帶她回來了。」

藍寇萬念俱灰，心想「果然是這樣」。就此除掉克蘿伊太可惜了，若再繼續累積經驗，然後任命她為培訓所的教官，不知道能讓特務隊訓練生的技術有多少成長。

「我一定會說服克蘿伊帶她回來，我會讓她繼續為國效力，拜託了。」

藍寇深深一鞠躬，宰相卻露出淺淺的苦笑打量他。

「藍寇，她可是克蘿伊啊，你不可能留她活口還帶她回來的。重點是陛下並不樂見如此，陛下表示『無法效忠飼主的狗就收拾掉』。」

「……」

「我們會趁艾許伯里的人注意到克蘿伊的價值之前，製造一起偶發事件收拾掉她。這個案件以後就不歸你管了。」

意思就是本案的權責歸於暗殺部隊。

「克蘿伊相關的目擊消息全都要上報。」

「……是。」

✦✦

這一棟建築物由哈格爾王國的特殊任務部隊使用，三樓一間毫無裝飾的狹窄房間裡，端來了梅莉的早餐。送餐的是年輕男子，最近藍寇都不來了。

「藍寇怎麼了？」

「藍寇先生很忙，現在在幫培訓所那邊。」

「室長換人了？」

男子沒有回答，他隨便把食物托盤往桌上一放就離開。

梅莉決定先吃再說，不能讓體力衰退。她站起來走向桌邊，鎖鍊發出喀啦喀啦沉甸甸的聲音。她的腳踝被上了腳銬，腳銬繫著一條長長的鐵鍊，窗戶也加裝了鐵格。

這種生活已經過了兩個月，但是沒有任何人來營救她。

「我是棄子，再關下去早晚被殺。」

她還能苟延殘喘，或許是因為他們認為自己依然是可用之人。

在被監禁前，她私下見了外人，一回來就被銬住了。

「終於逮到妳的證據了，妳以為自己沒人監視嗎？」

藍寇惡狠狠地說。

梅莉在二十歲時成為雙面諜報員。

當時的後進迎頭追過自己，她連小型的工作都分不到，整個人心慌意亂，就在這個時候，蘭德爾王國的人找上了她。

「我們希望妳提供特務隊的消息，蘭德爾需要妳這樣優秀的人才，萬一妳有三長兩短，我們一定去營救妳，妳是重要的人物。」

她竟然盲信了這番話，真是愚蠢。

她只是被利用了，蘭德爾和哈格爾都當她是棋子，藍寇大概也沒有辦理正式的結婚手續吧，他與她論及婚嫁肯定是逢場作戲，因為懷疑她而想要就近監視。

沒有時間了，假如新室長認定她沒必要存在，她應該就會沒命。

「喂！梅莉！妳怎麼了！」

送晚餐來的男子看到吐血倒地的梅莉跑了過去。

「喂！梅莉！」

就在他打算起身叫人時，梅莉抓住他腳踝讓他倒下，並將鐵鍊繞在他脖子上。

確定男子昏厥後，她用撕開的床單做成的繩子把他綁起來，並且塞了布到他嘴裡。她站起身以舌頭舔舔自己的口腔，剛剛她用指甲狠狠抓出了很深的傷口，疼痛和鐵味讓她蹙緊眉頭。梅莉在男子的衣服中翻找，找到了房間鑰匙。

他身上沒有鎖鍊的鑰匙，因此她用他身上的銀製牙籤開腳銬的鎖。最終喀擦一聲，腳銬鬆開了。嘴邊帶血的梅莉睥睨男子。

「你們早晚打算殺死我吧？」

恢復意識的男子開始呻吟，梅莉踹了他的頭笑說：

「我不會要你的命，你這種小人物連殺的價值都沒有。」

梅莉用杯子裡的水沾濕細碎的床單，拿濕床單仔細擦乾淨嘴邊的血，然後出了房間將房門上鎖。雖然無處可去，但是此地不宜久留。

「我再也不相信任何人了。」

梅莉下來二樓，跳出窗戶來到一樓，她選暗處奔跑，翻越了圍牆。

地點是艾許伯里的王城，北棟建築。

「你過來一下。」

一名人稱「管理部長」的男子交給下屬一些資料，資料中記錄的是侯爵父子的所做所為。

「這可以結案了，不只是侯爵本人，連兒子的平素行徑都令人髮指。」

「我們在晚宴一事後著手進行調查，真慶幸能揭發出侯爵父子的所做所為。」

管理部長的表情凝重。

「侯爵怎麼就是不懂？為非做歹只會致使民怨叢生、貴族反感，他明明那麼有工作能力。」

「他兒子也是問題人物，不但常跑地下賭場，竟然還向黑社會借錢借到債台高築了，兒子若接手父親的職位，多半會被有心人玩弄於鼓掌之間。」

部長轉動手上的玻璃筆聽著。

「賭博大概就是為了還債吧，他們一開始多半就以作弊的方式先讓他贏大錢嚐到甜頭。兒子的工作能力也很好啊，父子怎麼都一個樣？」

引發民怨的貴族是最昏庸窩囊的了，歷史上不知道有多少王家是在民怨沸騰到最後被推翻的，管理部長心想。

「那之前的紅髮女性還沒找到嗎？」

「是，歹徒的部分經過徹查確定只是挾怨報復，因此女子協助逃獄的意圖不明，難以鎖定搜索範圍，不容易找。」

「是喔。」

「而且他妹妹的行蹤也不明，鄰居的證詞表示她精神崩潰的情況嚴重，最壞的情況或許已經不在人世了。雖然她有可能和哥哥在一起，但是目前還沒有線索。」

「是喔，我知道了，可恨之人也有可憐之處，只是他下手的地點太敏感了。」

管理部長管轄的部門都被安排在北側建築物，北側是王城中日照最差的地方，與外務部、財務部這些眾所矚目的部門也有一段距離。

北棟規劃了三個部門的辦公室。

二樓是「維修部」，三樓是「檔案管理部」，四樓是「制度維安管理部」。

然而這三個單位實為同一部門，這個部門只存在於傳說之中，知道這個傳說的人通稱它為「第三騎士團」。

第三騎士團的真面目被視為高度機密，知道的人一隻手數得完，就算大臣等級的官員也不知道詳情，頂多知道有這個機關存在。

第三騎士團的最高長官是宰相，但是實際的統籌長官是「制度維安管理部」部長。

其他部門的最高長官都是「大臣」，制度維安管理部的長官卻是「管理部長」，世人自然認為這是微不足道的部門。

現任的管理部長從文官基層一路爬上來，由於耳聰目明、高風亮節、明察秋毫又與人為善、不起衝突，於是被任命為這個官職。

他待人處事的高明手段，獲得大王子「想知道社交界的八卦，問部長最快」的評價。大王子的評價多半不是挖苦，而是發自肺腑。

他的觀察力更是細膩精準到連宰相都說「噁心」的程度。

部長本人常把「這個部門很血汗，所有狗屁倒灶的瑣事都被推給我們做」掛在嘴邊，但是抱怨歸抱怨，他工作時卻總是神采飛揚。

現在房裡只剩下管理部長一個人，他從上鎖的抽屜中拿出寫著「按下不表」的信封，並從中取出三份文件。

一份是奉陛下之命調查的維多利亞．塞勒斯調查報告書，一份是晚宴事件的神祕女性報告書，一份是逃獄事件報告書。

「全都是年輕女性，而且都是她入境後發生的。」

他把帶了幾根白髮的光亮銀髮往後撥，然後嘆了口氣。

如果蘭德爾王國送來的報告書為真，維多利亞．塞勒斯就是清白的，但是報告書的內容與他個人掌握的消息有些出入。

報告書上寫她的雙親「生死未卜」，但他聽說他們是「葬身火海」。倘若是發生了「火災」，也確定雙親死亡，只是程序上出了差錯，也不至於變成「生死未卜」。

她似乎還說她的馬術是「軍人哥哥教的」，但是「真正的」維多利亞．塞勒斯並無哥哥。

「妳太大意了啊，維多利亞。」

部長瀏覽著手邊的資料，一臉傷腦筋的樣子。

還有一件事，他的直覺告訴他「協助死囚逃獄的紅髮女子也是維多利亞」，但是他無憑無據。

如果這三起案件的事主都是維多利亞，她到底是為了什麼來訪我國？為什麼要幫助死囚逃獄？為什麼淨做些得不到好處的事？他很想直接詢問她本人。

他表妹的先生是安德森伯爵，他若無其事建議說：「如果克拉克的外語能力一直沒起色，要不要試試看僱用維多利亞當外語老師？舅舅養傷的期間她的收入減少，日子不好過吧？」他希望她盡量位於監視可及的範圍。

他其實很中意維多利亞，她是將弟弟帶出心靈牢籠的大恩人，如果可以，他也願意支持傑佛瑞和維多利亞的關係，但是謎團實在太多了。

她應該是在逃亡，倘若逃亡的理由正當，他希望能給予政治庇護，但若是不正當就必須移交回母國處理。

她若是某種罪犯，一個外國人的去留可能會升級為國際衝突，這是他最想避免的。

艾德華．亞瑟沉吟了一聲，決定還是先不要把自己的臆測稟報宰相。截至目前為止，他在向宰相和陛下提出自己的想法時，大多是說「不妨也考量這樣的可能性」。

「宰相是個急性子，難保他不會說『隨便找個理由把她流放國外』。」

他用手指把頭髮由前往後梳，這是他思考時的習慣動作。

艾德華把三份文件重新收進信封裡，放回抽屜後上鎖。他知道對於這裡的人來說，這種可憐的鎖形同虛設，但是能鎖的東西就要鎖，他的本性如此。

此時他傳喚了另一個下屬。

「邁爾斯先生帶來的報告呢？啊，是嗎？順利嗎？那他就繼續進行。」

他弟弟好歹也發現她不是單純的平民了吧。

（但願傑佛不會衝動行事。）太過善良又專情的弟弟讓他很操心，此時的他瞬間很有哥哥的樣子。

「邁爾斯先生，我帶阿萊格走了喔。」

「嗯，今天小妹妹不在嗎？」

「對，她有點感冒，今天留在家裡。」

「是喔？保重啊。」

「好，謝謝。」

這是邁爾斯最後一次看到維多利亞。她總是一早來牽阿萊格出去，約莫半小時到一小時回來，但是那一天直到傍晚都不見人影。

（她小孩不是留在家裡嗎？是出門遇到什麼事了？）

邁爾斯憂心忡忡去約拉那女士家露臉，老婦人家位於他家後方，他看到一匹有騎士團徽章的馬。

「你們好，我想詢問關於維多利亞小姐的事，我住在府上的後方，我叫邁爾斯。」

「請等一下，我馬上去傳話。」

接著他被帶進了會客室，會客室裡的銀髮高個子應該就是騎士團馬兒的主人。

「很抱歉在夫人有訪客時打擾了，我住在府上的後方，我叫邁爾斯。我想詢問關於維多利亞小姐的事。」

一聽到維多利亞的名字，高個子就大剌剌地觀察起自己，她果然是怎麼了吧。

「我叫約拉那·海恩斯，你說維多利亞嗎？請問有何貴幹？」

「她騎走寄放在我這裡的馬就沒有回來了，我擔心她在外面遇到什麼事。」

海恩斯夫人和高個子對看了一眼，然後一起看向邁爾斯。

「維多利亞寄放馬在你那裡嗎？」

銀髮高個子緊抓著他說的話積極詢問。

「是，她付費請我幫忙顧馬。」

此時他注意到夫人手邊的桌上躺著幾封信。

「你是邁爾斯先生吧？我記得住在後面的不是彼得先生嗎？他應該是卸任的官員。」

「對，我是前陣子搬過來的，彼得先生去他女兒那裡了。」

「是喔，維多利亞小姐已經不在這裡了，好像是一早就出了門。這裡有封給你的信，我們還在想這是誰，原來是你。」

他們說完將一封信推了過來，他趕忙拆封閱讀。

「謝謝你過去對阿萊格的照顧，撿栗子很好玩。」

只有這麼一行，銀髮騎士說想看，他就亮信給他看了。

「知道維多利亞小姐不是遇到意外我就放心了，那麼我先告辭了。」

邁爾斯笑著離開宅邸，返回暫時的居所後又快馬加鞭前往王城。

傑佛瑞站起身來。

「約拉那女士，我去送信。」

他將署名愛瓦夫妻、克拉克、巴納德和哥哥的信函收進懷中。

「不但讓你跑了這一趟，還要勞煩你了。團長先生，可以請教一個問題嗎？」

「請說。」

「你沒有從維多利亞那裡耳聞些什麼嗎？」

約拉那女士問完就後悔了，平常的團長先生臉上總是帶著和藹的笑容，剛剛卻倏地閃過一絲哀痛，然後又馬上恢復原狀。

「對，很遺憾我什麼都沒聽說。」

傑佛瑞笑著敬禮後離去。

「蘇珊！蘇珊？」

「是，夫人。」

「維多利亞和諾娜一定會回來的，妳不要再以淚洗面了。」

如此叮嚀蘇珊的約拉那女士也沒精打彩的。

維多利亞給她的信上重複著她的歉意和感謝，還寫說「房子我已經盡可能收拾過了，剩下的東西就麻煩處理掉吧」。她已經不打算回來了，剩下的物品也少得可憐。

（千萬要平安啊，希望她有一天會再回來。）她祈禱。

她們雖然只有半年的緣分，但是約拉那女士非常孤單，她納悶為什麼維多利亞選擇這樣的生存之道，也認為維多利亞不可能是為非作歹的亡命之徒。

她懷念起替自己從樹梢拿下帽子的維多利亞。

傑佛瑞快馬加鞭分送幾封信函，大家讀了內容都又驚又悲。

克拉克緊緊追問說「我想知道詳情」，他只能說「我也不清楚」。他早早就返回第三騎士團的宿舍兼值勤所，在辦公室打開寫給自己的那封信。

維多利亞的字跡工整，沒有一絲凌亂。

「傑佛瑞・亞瑟先生：

很抱歉我突然銷聲匿跡。

因為某些緣故我不能繼續留在這個家了。

謝謝你鼓勵我，謝謝你對我好，謝謝你陪我一起歡笑。

我有生以來第一次經歷這麼快樂的生活。

原本我打算更早出走，卻因為太幸福快樂一直拖拖拉拉沒有行動。

我的第一次野餐很愉快，吃著烤栗子聊天也很幸福。

這些美好的回憶，都是團長先生帶給我的。

謝謝你的一切。

對不起。

維多利亞敬上」

「別為了野餐和烤栗子這點小事道謝啊，我不是再三叮嚀說不要突然消失的嗎？」

在維多利亞消失的三天後。

「團長，我在酒館認識了一個人，她說『騎士團裡一個銀髮的人很照顧我，我想答謝他』，還請我喝酒，問了我一大堆你的事。你是幫了誰的忙啊？」

「沒有，我沒幫誰啊。等一下，對方是什麼樣的人物？」

年輕團員回憶了一下。

「三十多歲的女性，滿好相處的，圓臉、黑髮、黑眼，是個美女。」

維多利亞消失兩天之後，出現了一個在找自己的女子，而且他根本不記得自己幫過誰。這是巧合嗎？他心生疑竇，緊急集合所有團員問話，結果團員們一個個上報相關事件。

「有個二十多歲的年輕女子問我團長先生有沒有情人，她說她對你一見鍾情。」

「我碰到的是帶著小孩的女性，她說一個可能是團長先生女朋友的人幫助過她，她想報答她。」

「酒館裡有個盛讚騎士團的男子請我喝酒，他好像問了團長的事，但我記不清楚了。」

這就怪了。

「聽好了，如果有人問起我或跟我交往的女性，你們就如實回答。我並不認識這些人，但是約拉那．海恩斯夫人家的位置已經被洩漏出去了，既然是騎士團員傳出去的，我們第二騎士團暫時就在約拉那女士宅邸附近做重點護衛，尤其是夜間，知道了嗎？」

「是！」

他們開始進行夜間護衛，他在別屋裡配置四名警力，主屋配置五名。三天後的深夜，就在他開始懷疑自己是不是做得太過火的時候，意外發現俗稱「第三騎士團」的人不知道為什麼也加入護衛的行列。

一群上下半身都是黑漆漆的制服，頭戴黑色針織帽又將帽簷壓得低低的男子登場，第二騎士團團員見了都詫異地議論紛紛。

「我沒有接獲關於你們的任何通知。」

「亞瑟第二騎士團團長，我們的消息來源和你們不同，哈格爾的暗殺部隊近期可能會入侵這間宅邸。」

「哈格爾的暗殺部隊？」

既然是暗殺部隊，他也只能退讓了，第二騎士團的專職是街頭戒備，暗殺者是第三騎士團的管轄範圍，第二騎士團改為負責戒備宅邸周遭。不過傑佛瑞很堅持說「我也要負責對付暗殺者」。

「傷腦筋了，你受傷沒命都不能有怨言喔。」

「嗯，當然。」

於是第二騎士團和第三騎士團聯手進行埋伏。隔天，傑佛瑞等人關了燈潛伏在別屋中的時候，暗殺者出現了。

＊＊

從哈格爾王國出發的四人暗殺部隊策馬飛奔，經過十天抵達了艾許伯里的王都。

「現居王都、可能是貴族的銀髮高個子」，這號人物九成九是第二騎士團的團長傑佛瑞・亞瑟。

他們聯繫定居艾許伯里的哈格爾線民，讓線民查出傑佛瑞・亞瑟交往對象的住處，也花錢僱用了艾許伯里人。

才不過幾天，他們就鎖定第二騎士團團長的交往對象，查出克蘿伊的假名與她的住所。

「就是那棟宅邸嗎？克蘿伊應該是在別屋那裡吧。」

他們白天不動聲色查訪之後，鎖定了別屋。

暗殺部隊等到晚上才靠近約拉那．海恩斯宅，主屋和別屋都亮著燈。

「所有燈都熄了之後再等個一小時才行動，三人負責入侵，一人負責把風。」

隊長確認完，三個隊員點頭。

所有燈都熄了，他們又等了一小時才靠近別屋，手腳俐落地開鎖，闖入別屋中的三個人兵分兩路。兩人組前往貌似主臥房的房間悄悄開門入內，隊長和資深暗殺者走向床鋪的隆起處架起刀來，一瞬間傳來了「咻」的聲音。

他們聞聲就出刀接招。

劃破風聲砍下來的是一把劍，出手的是高個子。夜間視力好的隊長看到對方一頭銀髮，詫異地想「這傢伙怎麼在這裡」。

接下來隊長連反擊的餘地都沒有，只見高個子的劍來得又猛又快，他只能疲於接劍，被迫進入防守狀態。

他的同伴也在和其他男子交手，不過很快就有一群黑衣人湧進來把他整個人壓制在地，有人雙手扣住他的頸動脈讓他昏了過去。

暗殺者的隊長在對戰中一直尋找全身而退的可能性，正當他全心抵禦高個子的攻勢時，一名黑衣男用類似繩子的東西絆倒了他，他也被制伏了。

闖進小孩房的暗殺者打開門，才走了一兩步就注意到隔壁房的巨響而停下腳步。

東窗事發了嗎？

他想趕往隔壁房一探究竟，腳才剛踏上走廊，心窩立刻吃了一記拳頭，頭部也受到棒狀物的猛烈敲擊。他嘔了一聲，動作剛停下來，馬上來了另外一個人從後方將他雙手往頭上綁。

在屋外把風的暗殺者剛見到同夥進入別屋，隨即有人拿刀抵住他的脖子，另一個男子則筆直站在他面前。

「你一動就會沒命，出聲也會沒命。」

男子操著一口流利的哈格爾語，暗殺者點點頭，心中盤算著要趁隙反擊，沒想到自己已經被不知道從哪裡湧出來的一群黑衣男包圍。

過了一會兒，宅邸的庭園點起了許多盞燈。

暗殺部隊的四個人都失去意識後，大批黑衣男過來脫下他們的鞋子、解開腰帶，將衣服脫到半裸狀態後綁起來扛走。黑衣男動作相當敏捷，在暗殺者的衣服裡發現了好幾個小型的暗器。

第三騎士團的一名團員走向傑佛瑞，說聲「辛苦了」之後離開。

約拉那女士和她的傭人們已經在白天的時候悄悄避難去了。

在離開悄無人影的海恩斯宅前，傑佛瑞瞧了別屋一眼，隨即撇開視線前往王城。

暗殺者被關進王城的監獄，大半夜的卻有許多人進進出出。

不一會兒，一個除了眼睛之外都以黑布遮住的男子來訪牢房。

每個暗殺者都分別關在不同牢房，避免他們看到彼此。

「你是隊長吧？啊啊，你有塞口布沒辦法回答。嚇到了吧？沒想到我們在那裡埋伏。艾許伯里還是存在著特勤組織喔，只是行事低調而已，我們早就知道你們要來了。」

他以流利的哈格爾語說完後，向牢房外喊了聲「進來」，把人喚進牢房。

「是不是很緊張，擔心自己被拷問？放心吧，我們不像你們那麼粗魯，只是打一針而已。」

暗殺者隊長被綁在椅子上，咬著塞口布的他開始抓狂了。

「你放心，打個針而已死不了人的，只會覺得很放鬆。你們還在搞那套拔指甲或把頭壓進水裡的酷刑，我們國家已經多年不來這套了，我也不想目睹那種畫面。」

黑衣男按住抓狂的隊長，另一個身穿醫生服裝的男子迅速對他打了一針，注射完後看著被綁的隊長讀秒。

「藥效應該已經發揮了。」

他低聲對拷問官說。

商業大國艾許伯里向隔著大海遙遙相望的外國購入了這款藥，那個國家的國民全是黑眼睛黑頭髮，藥品雖然要價不菲，但是每種藥都有奇效。

燒燙傷藥、割傷藥、鎮痛劑以及這款自白劑都是由國家出錢採購，艾許伯里則是向該國出口本國產的高檔黑檀與紫檀。

拷問官把椅子挪到暗殺者正前方坐下，儘管牢房門為了保險起見已經鎖上了，拷問官也不以為意，他以哈格爾語開始發問：

「好了，你們想殺誰？告訴我這個人的名字吧。」

表情安詳的暗殺者瞳孔縮小，一如處於放鬆的狀態中。在後方看顧他的男子取出他的塞口布。

「克蘿伊，想殺克蘿伊。」

「是喔，克蘿伊是誰？」

「特務隊的王牌，棕髮棕眼，中等體型，二十七歲。」

「喔喔？是王牌啊，是喔是喔，那你們為什麼要殺她？」

「她叛逃。」

「克蘿伊搞砸了什麼事嗎？」

「沒有，她突然消失，陛下說不忠心的狗就得死。」

拷問官頻頻點頭。

「聽說你們就算想離開組織也不能如願，是真的嗎？」

「離開？離開組織？」

「是啊，想離開的時候可以離開嗎？不行？」

「沒有人離開，還能活動就要賣命。」

他的表情像是被問了很奇怪的問題。

「教官、行政、雜務、掃除，工作要多少有多少，沒必要離開組織。」

拷問官與暗殺者身後的人交換了眼神，身後男子拱起肩相當無奈。

「那在艾許伯里叫作『奴隸』，有薪水的奴隸。這次的情況我大概知道了，你們不但偽造身分證入境，持有武器非法入侵貴族宅邸用地，也闖入建築物內部，還打算殺害裡面的居民，這些可是重罪啊。好了，再來就請你說說你住在我國的同夥吧。」

拷問官接連問了幾個問題，過了半晌離開牢房，他的下屬也跟著出來，拷問官對獄卒說：

「再過不久藥效就會退了，你們仔細盯著。雖然我們會派警備兵駐守，但是他們個個是高手，千萬別輕忽，這次再有人逃獄你們就要丟飯碗了。」

拷問官走上樓梯時取下遮住頭部的布巾，露出一頭滑順的銀髮，他對緊跟在身後的下屬說：

「我建立的聯絡網成果斐然，沒想到消息來得比暗殺者更早，太感動了。」

「是，部長英明。」

在艾德華．亞瑟提議建立的聯絡網中，幾組人馬騎著快馬輪番接棒，夜裡依然馬不停蹄傳遞消息。

「宰相是說『維安管理太消耗國庫』啦，但是稅金本來就該用來保護國民的安全。相較於我國被他國軍隊進攻之後要付出的代價，維安管理費根本只是零頭小錢，這次行動就是最好的證明。」

「正是。」

「今晚還要把他們的同夥一網打盡，趁他們開跑之前再接再厲吧。」

「是。」

艾德華．亞瑟心滿意足地走上階梯。

第十三章 ★ 牧場生活

諾娜退燒後，我立刻買下最小的那種載貨馬車。

等諾娜感冒全好的那一天，我載著裹住毛巾的她，在天亮的時間不斷前進。經過蘭德爾王國的邊境管制站時，諾娜還在貨台上悠哉地啃著水果和點心。

現在的我是黑髮的瑪麗亞，諾娜是黑髮的兒子賴爾。

在委託合作對象調查真正的維多利亞情況如何之後，我二度委託調查的是瑪麗亞這號人物。瑪麗亞一樣下落不明，自從八年前從蘭德爾王國入境艾許伯里王國後，從此再也沒回國。她比我大兩歲，當時膝下無子。

我原本以為瑪麗亞是黑頭髮，這個身分難以派上用場，因此在自由市集找到黑色長髮時我真的喜出望外。

我們在蘭德爾王國奔波的時候，我盡可能將自己的經歷正確地解釋給諾娜聽。

「維琪是逃過來的嗎？」

「嗯，那是我想辭也辭不掉的工作，所以我要戴假髮、要改名換姓還要搬家。最後是我擅自逃跑的，職場的人可能會氣沖沖地追過來。諾娜，很抱歉沒辦法讓妳過上安穩的生活。」

「沒關係，反正可以去很多地方。」

「……謝謝。還有，以後不要叫我維琪，叫我瑪麗亞可以嗎？」

諾娜考慮了一下回答：

「可以叫媽媽嗎？叫名字的話搞不好會叫成維琪。」

聽到這出乎意料的回答讓我又驚又喜，我緊緊抱住諾娜點頭如搗蒜。我以前實在不好主動開口要她叫我媽媽。

「嗯，嗯。當然可以啊，叫我媽媽吧，謝謝。」

「咦咦咦？為什麼要哭？」

「沒為什麼。」

我們現在住蘭德爾王國，工作地點是一間牧羊場。生活從烤栗子的秋季開始過了三個月，現在進入北風冷颼颼的冬季。

儘管牧場的工資不多，能住在這裡工作還是非常方便，工人房夠暖也夠乾淨，而且牧場常常分送羊肉給我們。

工人房備有附煙囪的巨大燒柴爐，可以用這個爐子做菜。塞滿稻桿的床鋪散發出太陽的味道，大手筆使用羊毛的棉被又蓬鬆又溫暖。

我在牧場學習如何照顧羊、打毛線和染色的時候，牧場的女主人稱讚了我。

「妳學得真快，而且工作好勤快。」

「謝謝妳，我喜歡能活動身體或需要巧手的工作。」

諾娜白天協助我工作，有時候為羊群換水，有時候打掃羊舍，累的時候就和小羊玩在一起。到了夜裡，她每天都埋頭用毛線編織毛線版的梭編蕾絲，似乎是想把編好的圖樣連成一片床罩或沙發罩。

「媽媽，這個賣得出去嗎？」

「妳要賣掉嗎？」

「嗯，我想賺錢。」

「我賺的還夠用吧。」

「可是我想賣。」

「是嗎？那希望可以賣個好價錢。」

米娜姊是農場的女主人，她年近六十，儘管她多半知道我們有什麼隱情，還是僱用我們供我們住宿。她偶爾會說：

「世界上很多男人會毆打太太。」

她或許以為我們是從人面獸心的先生手中逃出來的。

「等春天我再教妳怎麼剃羊毛。」

「謝謝妳，米娜姊，不過我打算在春天尾聲搬家，妳一教完我就要走人，我很不好意思。」

「啊，對喔，我會想妳們的。」

婦人以批發價分了些羊毛給喜歡針線活的我，我就用這些羊毛打毛線。我依照她的教學，用草木的汁液將這些毛線染色，然後打成毛衣。訓練生時期的我向同房的女生學過針線活，後來再也沒碰過，沒想到時隔十多年，我的手還記得該怎麼打毛衣。

「媽媽，那個圖案超級漂亮！」

「謝謝。」

「媽媽很愛說謝謝耶。」

「是嗎？因為我真的很感謝啊。」

毛衣的底色是深藍色，我用白色毛線在領口周圍和袖口打出雪花的結晶圖案，這件藍底的雪花毛衣在我的編織生涯中算是頗為可喜好看的了。

回過神來，我三個月內已經編出十件毛衣。

諾娜自製的床罩也大功告成，毛線版的梭編蕾絲有很多孔隙會通風，但沒想到披在肩膀或蓋在大腿上還是意外地鬆軟而溫暖。

「要不要去大城鎮賣？諾娜的床罩一定也賣得出去。」

「可以去大城鎮嗎？沒關係嗎？」

「我會戴假髮，也會戴帽子、用領巾遮住嘴巴，所以沒關係，諾娜每天都只跟我說話吧？偶爾接觸些外人對小孩來說是很重要的。」

我帶諾娜乘坐馬車前往車程約兩小時的大城鎮。

我們在大城鎮東逛西買，同時尋找有意願收購毛衣的店家。我們走進一間賣毛衣和日常便服的店裡，我買了幾件諾娜的衣服。結帳完之後，我問：

「你們願意收購我們親手編的毛衣嗎？」

一個貌似老闆的女性爽朗笑著點頭。

「看是什麼樣的毛衣吧，妳帶在身上嗎？」

「對，可以請妳看看嗎？」

「當然啊。」

這十件毛衣，女老闆全都以我喊的價收購。

「這些足以當商品了，妳以後還打算打毛衣的話可以出售給我們嗎？還有這個床罩，八枚小銀貨怎麼樣？」

「好！我要賣！」

興奮的諾娜搶在我之前回答。

「咦？是這孩子編的嗎？」

「對，圖案是她想的，我們一起把單片接起來，做成這麼大的成品。」

「這是梭編蕾絲的變化版吧？能做成這樣真的很認真耶。」

「對，我很認真！」

諾娜的蘭德爾語比艾許伯里語講得更漂亮。

我賣毛衣總共賺到二十四枚小銀貨和五枚大銅貨，可是沒想到諾娜的床罩能賣到八枚小銀貨，諾娜不知不覺間又多了一項一技之長，我真是欣慰。

我們走進一間漂亮的點心店，諾娜笑盈盈地說出她想吃什麼：

「我要很多奶油的蛋糕！」

我們吃著蛋糕，諾娜笑問：「接下來要去哪裡。」

她一定知道我對於不斷搬家的事自責不已。

真是聰明的孩子，她明明可以多抱怨幾句啊。

傑佛瑞在宰相的辦公室與宰相談話。

「聽說維多利亞是哈格爾的王牌諜報員，她叛逃之後對方就派了暗殺者過來。」

「王牌嗎？」

「陛下決定把維多利亞當作蘭德爾王國國民，原因不明被哈格爾的人殺害。」

（為什麼？）傑佛瑞提出了無言的問題，宰相看著他的眼睛繼續說。

「哈格爾的人知道維多利亞還活著會不斷派暗殺者來我國吧？太麻煩了，我們想迂迴地暗示說『你們派暗殺者來哈格爾的事已經穿幫了』。」

「……」

「我保險起見徵詢了第三騎士團，他們是說可以問到哈格爾的消息就好，既然都抓到四個第一線的暗殺者了，對於下落不明的她沒有興趣。」

宰相伸出中指將眼鏡往鼻上推。

「我國會佯裝沒發現她的真實身分，蘭德爾的女性在我國被哈格爾的男子們殺害了，就這樣。」

宰相清咳了一聲，接著用莫名戲劇化的口吻詢問傑佛瑞：

「所以呢？你本來有注意到她的真實身分嗎？還是沒有啊？」

「我隱隱約約注意到了，真的很抱歉我沒有先稟報。」

「我大概上年紀了吧，聽不太清楚呢，你什麼都沒注意到吧？」

「不，雖然沒有鐵證，但是我隱隱約約注意到了。」

宰相長嘆了一口氣。

「你知道只要你堅稱不知情就沒事了吧？你想想，有需要那麼誠實嗎？」

儘管如此，傑佛瑞依然不打算收回前言。

「真是的，此事你會受到懲處，先禁足在家等候消息，維多利亞一事此生不必再談。」

「是。」

傑佛瑞・亞瑟在騎士團長室收拾個人物品的時候陷入沉思。

維多利亞前腳一走，暗殺部隊後腳就來了，她恐怕至今都不知道自己已經被哈格爾的人發現，也不知道暗殺部隊來過，若是知情，她不可能丟下約拉那女士就消失。維多利亞會一直躲躲藏藏，不知道自己已被官方認證死亡，他實在嚥不下這口氣。

幾天後，解除騎士團長職務的傑佛瑞被調去從事完全無關的工作。他要赴任的是某處領地的保安管理官，領地範圍內的海登是木材輸出的對外窗口。年輕隊員們垂頭喪氣為他送行。

「你們加油。」

傑佛瑞一出言勉勵，幾個人就開始掉眼淚。

這次的安排把他調離了王都的重要職位，要說是降職也沒錯，不過傑佛瑞自認這樣的懲處已經很寬厚了。他知道就算被解僱也怪不得人，更覺得應該自請離職。他原本就考慮要離職與維多利亞攜手共度，只是現在維多利亞消失了。

傑佛瑞在老家對哥哥艾德華一鞠躬。

「兄長，這次的事真的很抱歉……」

「嗯，你別在意，我只是個打雜工，完全沒受到你的影響。你放寬心，新工作好好加油。重點是你還好嗎？是不是瘦了點？」

「沒有，我沒事。」

「是喔？那裡氣候穩定，你暫時在那裡放慢腳步過生活吧。」

「謝謝。」

艾德華．亞瑟目送弟弟啟程，並開始沉吟。

官方針對本案的說詞是：「蘭德爾的旅客在我國被來自哈格爾的強盜集團殺害，強盜已經被貴族護衛收拾了，此事造成我國莫大的困擾。」他們以譴責的口吻讓哈格爾在台面上欠艾許伯里一筆人情債，結果是好的。

（但是遍尋不著當事人維多利亞，無法告訴她官方的處置方式啊。）

艾德華雖然傷透了腦筋，但又覺得「算了，總會有辦法」，不再深究。他還有很多任務在身。

這次落網的其中一個暗殺者其實是艾德華的線民，第三騎士團中只有他自己知道。而原本負責把風的男子希望能逃亡艾許伯里，艾德華除了得思考他的去留，更要安插新的線民。

傑佛瑞騎著愛馬奔馳，抵達轉調處領地的辦公室。

「保安管理官，歡迎來到公爵領地。我叫哈姆斯，之前都是由我負責領地的管理，請多多指教。」

哈姆斯年近五十，一頭棕色短髮，應該有在練身體。他的笑容很和藹，但是給人一種生起氣來會難以對付的印象。

「管理官，公爵從昨天就在恭候大駕了。」

「咦？」

重要的港都海登位於這塊領地上，因此二王子未來成為公爵後會接管這裡，但是喜多力克殿下現在應該還是王子的身分，公爵是哪位？他很納悶。

「嗨！傑佛瑞，王兄失去你超沮喪的耶。」

一個活潑的聲音傳來。

「喜多力克殿下！」

金髮碧眼的帥哥從管理辦公室緩緩走來。

「我不是殿下了啦，我打算認真管理領地，為國家效命。」

「喔，是喔。」

「好隨便的回應喔。對了，來介紹我的未婚妻吧。過來吧，碧翠絲！」

傑佛瑞定睛凝神看著喜多力克呼喚的女性，心想：「是同名的其他人嗎？」以前瘦成竹竿的碧翠絲現在體格圓潤，臉頰也煥發光彩，她小跑步過來。

「亞瑟閣下，好久不見了。」

「傑佛瑞，刮目相看了吧？她聽說我要遷往公爵領地就跑過來說：『如果你的婚事未定，不妨娶我為妻。』她變得堅定又勇敢，簡直判若兩人，我大吃一驚呢。」

碧翠絲聽完這番話一臉堅定地說了下去：

「我是因為體弱多病而被解除婚約的啊，我懊悔不已，決定奮發圖強『養好體力讓人刮目相看』。原本這些努力是想與喜多力克公爵未來的夫人較勁，後來聽說他沒有定下婚事又降為公爵，我就不能再作壁上觀了，我親自找他談判，叫他一定要排除萬難和我結為連理，呵呵呵。」

喜多力克心平氣和地看著碧翠絲的側臉。

「我若是不能正面回應這麼專情的女子，還算什麼男人？」

喜多力克看起來喜不自勝。

「進出這個領地的人數眾多，雖然領地內的祭儀活動只有加迪斯的夏日祭典，但是有很多地方都要盯緊了。以前都是哈姆斯在悉心打理，從今以後，我也會為了領地的繁榮與和平繃緊神經認真工作。」

「公爵，我會盡全力輔佐你。」

傑佛瑞鞠躬，喜多力克和哈姆斯點點頭看著他。

（管理一個外國人大量進出的領地並非易事，只要一個鬆懈，違法物品就會在市面上流傳，從今天起要把握機會好好接受哈姆斯的指導。）傑佛瑞心想。

他看著感情和睦的兩個年輕人，繃緊了神經。

＊＊

母羊是在早春季節生產，初冬時完全看不出有孕在身的母羊，在接近春天的時候也會猛然變得大腹便便。

而我和諾娜正在忙著督促母羊群運動。

寒冷的冬日裡，挺著大肚子的母羊不會想走出羊舍，缺乏運動可能讓肚子裡的小羊長太大，母羊的肌力也下滑，分娩時容易難產導致生命危險。

「在這裡，過來這裡！」

諾娜站在牧場的遠方呼喚羊群，我在牠們後方拿著長棒緩緩左右揮，把羊群往前趕，扮演一個小小的黑臉。

母羊群彷彿對我心生怨恨，牠們一邊回頭看我一邊緩緩往前走。

「加油、加油，多走一點！」

諾娜在那一頭跑跑跳跳的，她的運動量比羊群更大。

懷孕的羊群活動一小時左右後要趕回羊舍。諾娜揮舞雙手驅趕母羊，牠們急急忙忙自己走回羊舍。

牧場的女主人來羊舍逐頭仔細檢查。

「這隻羊可能今晚生。」

她說。

如果有母羊即將分娩，就要有牧場的人駐守羊舍觀察情況，協助分娩的過程，以免母羊難產造成一屍兩命。

「媽媽，我想看羊咩咩生寶寶。」

「嗯～應該會出血什麼的喔，妳不怕嗎？」

「應該不怕。」

「那就拜託牧場的女主人吧，妳要保證不會打擾他們喔。」

「嗯！」

我們取得了同意，吃完晚餐後，我和諾娜負責駐守羊舍。

羊舍裡有一台附煙囪的煤炭爐，所以不至於太寒冷，我們把椅子放在爐子附近，我在油燈下做針線活，諾娜則是在讀書。

我在編織的同時頻頻觀察母羊，只見那頭大肚子的母羊走來走去開始徘徊。

「諾娜，好像要生了，妳去跟女主人說。」

「我知道了。」

諾娜套上外套袖子就飛奔出去，帶女主人與男主人過來。

母羊好一段時間都在忍耐疼痛，一下叫一下站起一下坐著，最後終於產下了羊寶寶。羊寶寶砰咚落在羊舍的稻桿席上，女主人以布擦拭，男主人用乾布以按摩的方式邊按擦邊把羊身清乾淨。

諾娜從母羊在忍痛的時候就一直盯著牠看，她瞪大眼睛，拱著肩緊緊盯著。小羊發出「咩咩」的叫聲後又過了三十分鐘以上才千辛萬苦站起來，諾娜伸出小手給予小羊掌聲。

羊寶寶隨即把鼻子湊到母羊腹部下方找乳頭，一找到就咕嚕咕嚕開始吸奶。

生命誕生的瞬間好神聖，我看得百感交集，暗自在內心對母羊說聲：「辛苦了，你好賣力。」諾娜則是眼睛閃閃發亮看著喝奶的小羊。

確定母子均安後，我們返回房間。

「羊媽媽好努力喔，來，該睡了，快天亮了。」

「好睏。」

「一起睡吧？」

「嗯！」

我們一起躺在稻桿床上，蓋上羊毛被。

「羊寶寶好可愛。」

「羊寶寶比我想像中更大呢。」

「羊媽媽好像很辛苦。」

「嗯，確實很辛苦。」

諾娜後來就沒聲音了，原以為她已經睡下，結果其實她還醒著。

「不見的那個媽媽是不是也很辛苦？」

「在生諾娜的時候嗎？是啊，生產沒有不辛苦的吧。」

「她也要這麼努力用力嗎？」

「人類生產的時間可能更久喔。」

「喔。」

現在的我該說些什麼？我思考了一下決定強調一件事。

「諾娜的媽媽是很努力生下妳的。」

「是啊。」

「諾娜也是很努力誕生在這個世界上的。」

她沒有回應，這次是真的睡著了。我撫摸諾娜柔軟的金髮，將她瘦弱的身體抱近自己。諾娜的體溫偏高，感覺暖呼呼的。

「謝謝妳的誕生，能遇見妳真是太好了。」

我小小聲說。

以前我對於拋棄諾娜的母親沒有任何感情，不過這是我第一次對那名陌生的女性心懷感激，謝謝她生下諾娜。

羊群吃著春天柔軟的牧草感覺很快樂，我開始夢想著希望有一天能過著養羊的生活。什麼時候可以定居在一個地方養羊，過著剃羊毛、將羊毛紡成毛線並且染色編織的生活呢？

春天的尾聲，我和諾娜學了剃羊毛的方法，拿著大剪刀剃的時候，要小心不要傷到牠們的皮膚，剃完之後，整隻羊會縮水很多。女主人讓剃完毛的羊群穿上她自製的布背心，以免牠們身體不舒服。幫忙牧場剃毛之後，我們就要啟程離開了，這一段牧場生活只經歷了短短幾個月。

「再見！再見！」

諾娜笑著對農場的女主人揮手，我也回過頭來鞠躬表達感謝。

這次我們搬去了蘭德爾王國南端，鄰近艾許伯里的漁村。

我在一間人聲鼎沸的漁村餐館兼旅宿工作，這個職場的規模很大，員工也很多，我的職務是打掃旅宿，但是人手不足時什麼活都要幫。

「太好了，有妳這麼活力十足的人來幫忙。」

「我才要謝謝妳，謝謝老闆娘安排房間給我住。」

「對了，瑪麗亞小姐，妳之前不是送了件毛衣給我嗎？可以付錢請妳再打一件給我先生嗎？」

「好，我很樂意。」

「毛衣很好看，又比在店裡買便宜，我自己也想要一件。」

「那就是兩件了，我盡快打給妳。」

「妳不用急，我等冬天才會穿。」

「妳想要什麼顏色或圖案？」

「妳決定就好。」

這樣至少能攢點外快，我很感激有這個機會。回想起來，安德森家、巴納德老爺和約拉那女士都給我很優渥的待遇。現在我只能勉強讓我們兩個餬口，但是希望以後能向他們表達我的歉意與感激，在那之前要努力活下去。

諾娜以前不太喜歡吃魚，來到阿爾丁漁村以後卻開始主動吃魚，說「這裡的魚很好吃」，這也是件好事。

我和諾娜在清掃餐館外面的時候，隔壁麵包店的太太問我們：

「瑪麗亞小姐，妳們要去加迪斯的夏日祭典嗎？」

「咦……加迪斯？不是在國外嗎？」

「有那一天限定的船班會開往加迪斯喔，祭典上不但人潮洶湧，還會有很多攤販擺攤，氣氛很熱鬧的。而且那是臨時的船班，不必過邊境管制站，可以輕鬆前往艾許伯里，只有在上船和靠岸時要出示身分證。」

「是喔。」

「我想去！媽媽，我想去，拜託，我想看祭典。」

「嗯……」

我只給了曖昧的回應，因此諾娜沒有在別人面前繼續撒嬌。

我就算是在聊天之中都一直在避免提及未來的行程，然而我曾經一度與團長先生相約加迪斯的夏日祭典。

是我默不吭聲消失在先，現在還盼著「團長先生是否記得那個約定」，實在太自私了。那個時候團長先生忙著搜索我幫助的逃獄犯，整個人筋疲力竭，他不記得也是應該的。

我以為夏日祭典的事到此結束，想不到夜裡我和諾娜一起躺在床上時，她再次央求我。

「媽媽，我還是想去祭典。」

「嗯，我知道了，我們去吧。」

「真的嗎？妳不生氣？」

「我沒有生氣，我也是第一次去祭典。」

「媽媽也是？妳不是大人嗎？」

「好了，今晚該睡了，明天也要早起喔。」

「好～」

那一晚，我遲遲無法入睡。

距離夏至還有三星期，祭典是從傍晚舉辦到晚上，到時候只要戴上假髮混進人群裡，大概不會被任何人發現。

我一方面不想被任何人找到，一方面又盼著「希望他記得那天的約定，希望他來找我們」，哪怕如今見到團長先生，也回不去原本的生活了。

我什麼時候變成這麼前後矛盾的人了？

（一定是太累了，累到腦筋都轉不過來。）

我閉上眼睛。

任職特務隊的時候，只要接獲命令、出任務然後獲得稱讚我就心滿意足了。

想不到獲得自由的現在如此孤獨又悲苦，離開艾許伯里的王都之後，我內心一直有個不聽話的小孩在叫嚷著「我好寂寞」。

（回到特務隊之後，這樣的心情是不是會消失？）

我既沒聽說過有人叛逃特務隊，更沒聽說叛而復歸的例子，不過我是不是可以歸隊呢？不管要受罰或做打雜工都可以，我最近常常在思考這個愚蠢的問題。倘若沒有諾娜，我或許會搖搖晃晃朝哈格爾王國邁進。現在的我知道那段生活並不幸福，但我好幾次都覺得，還是現在的寂寞比較難熬。

「不能讓諾娜靠近那個地方。」

儘管最近我的腦筋轉不太過來，至少還是很清楚這個大原則。

諾娜的存在留住了我。

「媽媽，起床，媽媽！」

「嗯？嗯？我睡過頭了嗎？抱歉，我馬上準備早餐。」

「怎麼了？」

「什麼怎麼了？」

「眼睛紅紅的。」

我趕緊看向掛在牆上霧霧的老鏡子，發現昨晚睡眠不足又流淚讓自己的眼睛紅通通的。

「昨晚我一直睡不著。」

「喔。」

我趕緊煎了荷包蛋，把昨晚的蔬菜湯加熱。諾娜把開始變硬的麵包放在爐子上，邊烤邊喊著「好燙好燙」。

「好，今天也努力工作吧！」

「好～！」

我親了親諾娜那柔軟又帶奶香的臉蛋，然後前往旅宿打掃。

白天工作，夜裡做針線活，躺在床上迷惘，累了就睡，醒了又繼續上工。時光飛逝，轉眼就來到加迪斯舉辦祭典的夏至那一天。

這天餐館提早打烊。

「開店也不會有人來，大家都搭船去加迪斯的祭典了。瑪麗亞小姐，妳們不早點去就看不到美麗的景色嘍。」

「是啊。」

諾娜一本正經地聽女主人說。

「有好幾百，不對，應該是好幾千吧，數不清的小船載著蠟燭隨浪潮出海，這個景色一定要看過一次，很美的。妳們回來應該也晚了，明天乾脆休假吧。瑪麗亞小姐，妳一直沒休假吧？」

「謝謝妳，那我就休假吧。」

傍晚，我們戴著黑色假髮上了船。夏天的太陽還沒西沉，天色很亮。我繳了兩人的船資，從棧橋上漁船。有人潮就有商機，只見一艘艘漁船沿著棧橋停靠，載著蘭德爾的人們一批批出海。船隻很小，四個船夫划槳，乘客八名。

我在熙熙攘攘的人群之中感到忐忑不安。

（團長先生會來嗎？他還記得那時候微不足道的約定嗎？）

（算了吧，我都不告而別亡命天涯了，何苦在這裡痴心妄想？）

我搖搖頭，甩開腦中的雜音。今晚不如專心讓諾娜開心吧，我下定了決心，帶著笑容對諾娜說：

「好期待加迪斯的祭典喔。」

「嗯！媽媽也是？」

「嗯，非常期待喔。」

漁船比我預期的更快抵達加迪斯的港口。在航行中我們先經過一個停泊好幾艘大船的大港，繼續前進，漸漸能看到前方一片明亮，有無數蠟燭搖曳生輝。

船夫們划著槳讓小漁船不斷前行，最終在棧橋靠船，我和諾娜下了船，踏上了艾許伯里王國的領土加迪斯。

加迪斯的港口是岩岸地形，只見人山人海，人手一個小船形狀的木片，在短燭上點火後，將自己的船放水送出海。

有人笑著目送，有人哭著目送，有人閉上眼睛祈禱。

魂魄只在燭火燃燒的期間造訪此地，或許他們每個人都在與魂魄對話吧。

港口後方有一片沙地和草地。

那裡有一整排簡單搭造的攤子，販賣烤肉、水果、烘焙甜點、水果水、飾品和樸素的玩具等，種類相當繁多。

諾娜忙著逛攤子，在洶湧的人潮中要是不牽好手感覺就會走散。

我一方面想著「啊，這下不會被發現了」，為了奇怪的理由放寬心，一方面又覺得「不會被發現有什麼好安慰自己的」。

一個小小的地方湧入了密密麻麻的人潮，擁擠不堪，諾娜猶豫了很久，最後選擇沾滿甜菜糖的炸圓麵包。

「媽媽，這個好甜好好吃！」

她說著把吃了一半的麵包遞給我，我咬一口。

「嗯！好吃！」

我說完，諾娜也笑吟吟。很可惜小美女最近破相掉門牙，不過掉門牙也是她長大的證明，缺牙的笑容還是很惹人憐愛。

「妳看！」

我往諾娜指的方向看去，看到許多人同時把小船放流大海，不知道是不是退潮快退到乾潮了。

「哇。」

諾娜滿嘴甜菜糖看著大海，許多小船載著蠟燭不斷往外海去，隨便都有上千艘。

「諾娜想放船嗎？」

「可以嗎？」

「當然啊。」

我買了兩個到處都在賣的船形木片，並請人為蠟燭點火。我和諾娜往岩岸前進，手護著蠟燭以免火熄滅。

「跌倒會受傷，要仔細看腳邊喔。」

「嗯！」

拍打上岸的海浪沾濕了我們的鞋，我們和周遭的人一起把船放流大海。兩個手掌大的小船搖啊搖，漸漸飄向外海。

我用唇語對著自己船上的蠟燭說話。

（爸爸、媽媽、愛蜜利，好想你們啊，好想你們。我一路努力過來，努力到現在有點累了。）

一個熱塊哽在我喉嚨深處，我不禁潸然淚下。四周人山人海，但是我蹲了下來啜泣著目送小船。

「唔……唔……」

會這樣淚如雨下我也很意外。

諾娜小小的手輕撫我的背。

「對不起，諾娜，我不哭了。」

「沒關係，媽媽也可以哭的。」

我蹲著抹去眼淚，不斷深呼吸。

「我們買些伴手禮回去吧。」

我笑著對諾娜說，卻發現她一臉呆滯抬頭看向我身後。

我連忙回頭，看到團長先生站在我斜後方。

「傑佛！」

諾娜撲向團長先生。

「傑佛！傑佛！」團長先生左手抱起抓著他的諾娜，然後摟著我的肩膀讓我站起來。

「我本來打算年年都來，直到找到妳為止，沒想到第一年就找到了。」

他的聲音還是這麼悅耳。

我心想我該說句話、我該道歉，但是我卻只能像孩子一樣哭泣。

團長先生對著一個體格精壯的男子說：

「抱歉，我先走了。」

「是，辛苦了，今年有管理官的幫助讓我們非常輕鬆，晚安。」

男子溫柔地目送我們離開，團長先生帶我們來到一間小房子。

「這裡是我家。」

「團長先生的家？」

「我已經不是團長了，現在是公爵領地的保安管理官。」

他說完讓我們坐在沙發上，然後對貌似傭人的年長女性說：

「剩下的我來，妳可以先走了。」

坐著的諾娜開始點頭打起盹來，應該是興奮得累了。我摘下諾娜的假髮，團長先生輕輕把她抱到長椅上躺下，並蓋上一件薄夏衫。

團長先生坐下的時候魁梧的身軀緊緊靠著我，他什麼都沒說，把我摟在寬闊的懷中，一動也不動。

「幸好妳沒事，我一直在擔心妳會不會有個三長兩短。」

「對不……起。」

「不，妳不用道歉，我不是要妳道歉，重點是該從哪裡說起呢？有好多事要告訴妳。」

團長先生把我摟在他懷裡說了很多話。

他說哈格爾的暗殺部隊來了，我在書面紀錄中是死亡狀態，艾許伯里的高層也知道我的真實身分，而約拉那女士他們都沒事。

「聽到妳是特務隊的王牌，我就懂了。」

聽到他這樣說，我都不敢面對他了。

「所以妳不必再躲了，維多利亞・塞勒斯已經死了，以後我們可以過著安穩的生活。妳若擔心會不小心遇到認識的人，不妨住在加迪斯。外國人只會在港口附近出沒，不會來加迪斯，畢竟這裡是半農半漁的小鎮，夏至之外的日子只有在地人，妳在這裡和我攜手共度吧，我從這裡前往職場就好。」

我問了從剛剛就很在意的問題。

「團長先生……」

「叫我傑佛。」

「傑佛，你為什麼辭掉騎士團來這裡？是我害的吧？」

「沒有，不是妳的錯，其實我之前就在猜測妳是從組織叛逃的，本來打算辭掉騎士團和妳一起生活。結果妳不見了，所以我才來這裡工作，不管妳在或不在，我都一樣會辭職。」

是這樣嗎？要是我沒闖進他的生活……想到這裡我突然慌了，對！船！

「糟糕了！沒有回程的船了！」

「妳想聯繫哪個地方？我派人傳話。」

團長先生，不，傑佛說著並沒有放開我。

「我不想再後悔了，讀了信之後我很氣我自己，氣自己沒有早點和妳講開來。要是待在加迪斯妳不放心，我們就搬去深山吧，我當獵人也能餬口。」

「……」

「維多利亞，妳這段時間在做什麼？有碰到危險嗎？」

「傑佛，在講這些之前，我想說一件事。」

我挺直腰桿，直視傑佛的臉龐。

為了接下來要說的話，我緊張得渾身打顫。

「八歲進入培訓所的時候，我被迫放棄自己的名字，他們給了我克蘿伊這個諜報員假名。後來的二十年間，我從來沒說過自己的本名，我真正的名字是安娜，安娜．戴爾，這是父母替我取的，我的重要的名字。」

接著我娓娓道來自己的近況。

那些關於在蘭德爾王國的牧場生活和漁村生活。

傑佛瑞靜靜聽著，時不時摸摸我的後背或頭。

我說完之後長吐了一口氣，而傑佛瑞則是陷入沉思。

「怎麼了？有什麼讓你疑惑的部分嗎？」

「不是，其實我也有個祕密。我打算和妳白頭偕老，所以覺得這件事應該現在先說。」

我很納悶，未婚妻自盡的事之前不是說過了？

「不是未婚妻，這是我和家兄之間的祕密。家兄一直很擔心我，因為我們的成長環境有點特殊。」

「沒關係啊，我沒有覺得非知道你的一切過去不可。」

「不，妳總有一天會開始懷疑他為什麼那麼擔心我。」

往後不管我回想多少次，傑佛瑞接下來說出來的話都讓我感到撕心裂肺。

「在我有記憶以來，我們父親都和其他家庭一起生活。貴族在外面有情婦並不怎麼稀奇，只是父親在情婦生了小孩之後開始對我們拳打腳踢，我從小被打到大。」

傑佛瑞的母親很早就精神崩潰，在現實和妄想之間徘徊。

父親每星期回家一兩次，每次回來就對家人拳打腳踢。出手都是為了些芝麻綠豆的小事，每次理由都不一樣。兄弟倆也不知道做什麼事會被打，面對父親的暴力，艾德華為了保護母親和年幼的傑佛瑞，

有好一陣子都是自己吃下所有的拳頭。

「我想家兄選擇文官這條路，是因為身上留有馬鞭鞭打的痕跡，他整個背上層層疊疊好多新傷舊傷。而騎士在受訓後都要一同更衣，沒辦法藏住傷痕。我們因為精神失常的母親無法逃離開家，家兄後來成為底層的文官，但當時母親病情嚴重，他大概就放棄帶我們逃走的念頭了。」

我想起一件在組織學到的事。長年受暴的人別說是還手了，他們連逃跑都辦不到，因為他們的心已經被暴力箝制住了，母子三人多半都是如此吧。

為了逃避痛苦的現實，艾德華一心向學，傑佛瑞則是沉迷於劍術。經年累月之後，少年傑佛瑞開始認為「現在的自己或許能制伏父親」。

父親某一次一如往常毆打他哥哥，脫下他上半身衣服想鞭打他的時候，傑佛瑞撲了上去。

「只是想給別人教訓的他，沒有死命一搏的我的那種氣魄，而且我從那時候個頭就很高大了。父親三兩下就被我打倒在地，我抓起手邊的燭台，對著驚嚇的家兄說：『兄長，我是二兒子，我來殺他，你之後就把我除籍吧，謝謝你過往一直保護我』。」

「傑佛……」

傑佛說著說著，神情似乎飄向了遠方。

「我小時候每次被打都覺得『今天要被殺死了』，當時的滿腔怨念一口氣噴發出來。我是真的要下手，結果家兄制止了我，他以無比冷靜的聲音要父親滾出去：『從今天起，我繼承亞瑟家當家的位子，我會提供一些生活費，讓你和你外面的家人不會蒙羞。看你是要讓位，還是現在死在我們手裡，自己選吧。你以為我一直在坐以待斃，毫無作為嗎？我已經籠絡了醫生，無論你死於什麼狀態，他都會把你的死因寫成心臟麻痺。』」

當年艾德華二十歲，傑佛瑞十二歲。

「父親離開家裡之後，家兄哭著說：『都怪我橫不了這顆心，害到你和媽媽了，我早該這樣做的，請原諒沒有勇氣的我。』從此以後，家兄就是保護我和媽媽的監護人了，雖然他至今都改不掉保護我們的習慣也是讓人頭痛，但是我們兄弟倆是互相扶持活下來的，當時的家暴嚴重到真的是什麼時候死於非命都不奇怪。」

我緊緊抱住傑佛瑞。

傑佛瑞的身體厚實，我沒有辦法整個環抱住他，但是我用盡了全力。

「就任王城公職後，我才知道父親為什麼不採取離婚的手段。父母的婚事是當時的宰相牽線促成的，父親對宰相有所顧忌才沒有選擇離婚。真是無聊至極的理由，他是把自己的憤憤不平發洩到我們身上了。」

最後傑佛瑞以苦澀的笑容結束了這段話。

「父親兩年前過世了。」

「……」

雖然只有短短八年，但是我至少體會過家庭的溫暖，傑佛瑞卻連這點溫暖都不曾擁有過吧？

諜報員時代我就曾想過，幸福的家庭都有其相似之處，與貧富沒什麼關係，每一個幸福的家庭，家人之間的感情都很和睦。

艾德華先生和傑佛瑞以前是生活在一個名為家庭的地獄。

「傑佛，我會賭上性命保護你和諾娜，我們一起打造幸福的家庭吧。」

傑佛瑞聽了溫柔地笑了。

「那通常是我的台詞啊，讓我帥一回吧。」

傑佛說完後在我面前單膝跪地。

「安娜，和我結婚吧。」

他以極其樸素的方式，向我求婚了。

第十四章 ✦ 出航

公爵領地的哈姆斯快馬送來了信函，艾德華．亞瑟正在過目中。幾個月前，他暗示過哈姆斯，若弟弟與帶著小孩的女性接觸，一定要通知他。

「是喔？終於找到了嗎？要先確保她的安全啊。」

陛下和大王子希望傑佛瑞去當喜多力克公爵的左右手，不過身為管理部長、身為哥哥，他現在還不希望維多利亞和傑佛一起留在海登附近，萬分之一的風險他也要消除。

「果然還是那裡好。」

艾德華說完慢步走出房間，前往醫療組所在的西棟。

「唉呀，管理部長，怎麼了嗎？」

出來迎接他的是黑髮黑眼的小個頭男子。

男子的父親從遙遠的國家前來經商，並與艾許伯里的女性生下了他。

他在父親的母國長大，年近三十的時候希望能見識外面的世界，於是醫療知識豐富的他來到了這個國家。因為他的存在，艾許伯里才能買到其他國家買不到的貴重藥品。

「我想拜託你一件事。」

「好好好，回扣呢？」

「別講這麼難聽，我們都什麼交情了？不過，這個嘛，我可以跟宰相協商看看，讓你隨意使用你之前說想使用的那款藥，怎麼樣？」

小個頭男子瞪大眼睛，揚起嘴角。

「手術的麻醉藥嗎？但是它不是貴到嚇死人嗎？」

「包在我身上，我的條件是希望你讓我弟弟和他的準太太去你國家住五年，啊，還有一個小孩，費用當然是我出。」

（就這麼簡單？）醫生很納悶。

「我老家是個大宅院，也有別院，住個三個人完全不是問題，傭人也多到數不清。」

「很好，那就說定了。那請你寫封信給令尊可以嗎？你母國的船下個月會靠岸吧？我想讓弟弟他們上船。」

「你保證會信守諾言吧？」

「我曾經說話不算話過嗎？除了麻醉藥你還想用什麼藥列個表給我，我盡量去協商讓更多藥獲得上面批准。」

沒錯，管理部長從來不曾失信於人，而且不知道為什麼，他的要求陛下和宰相大多都聽得進去。醫療組的男子趕忙寫信給父親，並列出了自己想要的多款藥品。

艾德華．亞瑟將交給異國船長的信函收進懷裡，返回日照不足的職場。

我回到旅宿兼餐館的職場，提出辭職的要求。

「很抱歉這麼突然，這是老闆和老闆娘的毛衣，我不收錢了，你們收下毛衣吧。」

「謝謝，是發生好事了嗎？我看妳容光煥發耶。雖然很捨不得瑪麗亞小姐辭職，不過妳能幸福更重要，這是我的餞別禮。」

老闆娘說著塞了些錢給我，那金額比毛衣的費用多了些。

「勤奮認真工作的人會有好報的，加油喔。」

「謝謝妳這段時間的照顧。」

諾娜正在海邊撿貝殼。

「媽媽！我找到漂亮的貝殼了！」

「久等了，哇，好漂亮的貝殼，要好好珍藏起來。」

我和諾娜決定在加迪斯與傑佛瑞一起生活，他似乎還沒向哥哥和領主喜多力克公爵提過我。

「要是妳的事透過喜多力克公爵傳回城裡會引發很多爭端，妳就照妳希望的過著養羊的生活吧。」

雖然傑佛瑞是這樣說，但我覺得事情不會那麼簡單。他被派來喜多力克公爵的領地，是因為他的為人和能力受到器重吧。要是他們知道傑佛瑞又和我牽連在一起……

傑佛的世界我無能為力，我千頭萬緒，還是沒有答案。

沒想到十天後，一個男子造訪我們小小的家。從王城快馬前來的他，對傑佛自稱是邁克。我和諾娜偷偷躲在廚房聽。

傑佛聽了邁克先生的話，聲音變得很僵硬。

「我八個月前才奉宰相的命令來這裡的。」

「我上司已經說動宰相了，你也知道瀋國的藥多厲害吧？我國能採購的只有他們船運過來的，一直無法取得想要的藥品。」

愛瓦女士以前提到的進口燒燙傷藥就是瀋國的嗎？邁克先生的上司又是誰？

「為什麼是我？文官有一大堆合適的人選吧？」

「嗯，那我就直說吧，這次調職是為了亞瑟閣下好，也是為了維多利亞小姐好。」

和諾娜一起躲在廚房裡聽的我摒住呼吸。

「你們繼續留在這裡難保不會有個萬一，我上司認為在鋒頭過去之前，維多利亞小姐最好完全銷聲匿跡。」

傑佛瑞的聲音壓得更低了。

「你們在監視我嗎？」

「我們考量的是你們的安全，亞瑟閣下若想與維多利亞小姐攜手共度，前往瀋國是最好的辦法。請你去和他們談判，建立一個確保藥品數量和出口藥品的機制。這樣艾許伯里王國、維多利亞小姐和亞瑟閣下都會幸福不是嗎？對吧，妳不覺得嗎？」

最後一句他明顯是提高了音量往廚房在喊，因此我說了聲「打擾了」走進客廳。

「維多利亞小姐，不好意思情況這麼緊急，瀋國的船不久就會靠岸，靠岸後馬上折返，希望你們能趕上這一班船。下次船班要再等一年了，維多利亞小姐目前在紀錄上已經死亡，萬一在公爵領地被妳在哈格爾的朋友目擊就麻煩了。」

「情況我明白了。」

「希望你們共赴瀋國，並想請亞瑟閣下安排藥品的出口事宜。」

「安娜，妳的意思呢？」

「太求之不得了，邁克先生，我們可以帶諾娜去吧？」

「當然，你們三人的船費和生活費由國家負擔。」

「國家負擔三人份的費用嗎？」

「對，亞瑟家原本提議要全額負擔傑佛瑞先生的費用，但是聽聞此事的內務大臣擔心『寶貴的知識與兩國的邦誼，會不會都被亞瑟家把持了』。」

傑佛瑞原本似乎怒氣沖沖，不能接受自己受到監視的事，不過現在他說「安娜說好就好」，同意了這樁提議。邁克先生露出笑容，從包包中取出許多文件。

「維多利亞小姐，不對，是安娜小姐吧？這是安娜小姐的新身分證，這是你們的婚姻報告書，這是孩子的文件。國家要出錢，所以需要你們正式領養小孩，維多利亞小姐的本名不詳，因此姓名欄位是空白的，請妳自行填寫，這難不倒妳吧？我已經沒時間在王都和這裡往返了，麻煩你們。」

（啊，我的底細已經都被摸透了吧。）我和諾娜的姓名本來應該要先印在文件上的，現在這樣等於是在說「給妳自己寫，反正妳能夠偽造印刷體吧」。

「好，我懂了，寫上安娜・戴爾就好嗎？」

「不，妳是以亞瑟閣下的家人身分過去的，請寫下安娜・亞瑟，瀋國的船再兩三個星期就會靠岸，你們一定要上這班船，回國時間抓個五年後。我明天十點再來取文件。」

邁克先生一口氣說完離開。

「這個方案太完美了，我自己絕對去不了瀋國，而且去瀋國也不會害諾娜或你遇到危險，這樣不是很棒嗎？」

「安娜，妳可以嗎？」

對吧？我抬頭看傑佛，他笑了出來。

「在海邊遇到妳的時候，妳還失魂落魄的，我很擔心妳是不是身心靈都累壞了，但看妳這個樣子應該沒問題了。」

「其實當時我每天都寂寞得發慌，好幾次都在想要不要乾脆回哈格爾的特務隊算了。但是我不能帶諾娜過去，所以始終沒有實行。」

傑佛唉聲嘆了口氣。

「真的很慶幸妳打消這個念頭，畢竟他們都下暗殺指令了。」

「我當時意志太薄弱了，只要想一下就知道我會被殺雞儆猴啊。」

「諾娜讓妳撿回一命呢。」

「對啊。」

諾娜緩緩從廚房走過來，傑佛走近諾娜，一把抱起來跟她玩飛高高的遊戲。諾娜一開始還面無表情一副「好喔，隨便你」的樣子，後來漸漸忍不住開始咯咯大笑。

「諾娜，妳願意當我的女兒嗎？」

「傑佛要變成我爸爸嗎？」

「對啊，安娜是我太太，是諾娜的媽媽。」

「好啊。」

諾娜毫不猶豫回答。

我仔細讀了今天收到的文件，我現在是生於加迪斯的平民，成為男爵的養女後，與傑佛結為連理。知道安娜是維多利亞的是誰？知道的有多少？明天我再詢問邁克先生這些。

當晚我幾乎徹夜未眠，在自己和諾娜的官方文件上不斷填寫姓名。傑佛一直興致盎然地湊熱鬧，搞得我無法專心，我無可奈何只好把他轟出門外。

偽造出前後完全一致的印刷體需要高度的專注力啊。

隔天邁克先生來收文件時，傑佛瑞已經外出工作。

邁克先生的外表和我一樣沒有任何特徵，他若是混在人群中會自動隱形，人們也會立刻忘記他的五官和體型。但是他的動作沒有任何破綻。

「昨天亞瑟閣下在場，我不好說得太深入。妳以前是哈格爾的王牌吧？」

邁克先生興致盎然地瞄了我一眼。

「我有幾個問題要問妳。」

他直接開口，問了我叛逃特務隊的理由和方法。

這些人為了保護我和家人的安危想方設法，我認為自己該報答他們的用心良苦，於是如實回答。

邁克先生聽著不斷點頭說「原來如此」，然後接著問：

「安娜小姐，妳有協助死囚逃獄嗎？我上司說可能是妳幫忙的。當然了，妳的回答只有我和上司會知道。」

「對，協助他逃獄的是我。」

我牙一咬承認了這件事，邁克先生一臉恍然大悟的樣子，低聲說「那個人果然厲害」。他追問我幫助死囚逃獄的原因和方法，我大部分都如實回答，只有兄妹逃亡的事絕口不提。

「我在王城外將生活費交給他，之後我們就分開了，後來的事我也無從知曉。」

「是喔，線鋸條藏在鞋跟啊，原來是線鋸條啊。」

他喃喃幾句又繼續問：

「在王城的晚宴上制伏歹徒的也是妳嗎？」我說是，他又問了理由，我也如實回答。

「竟然是想阻止他殺人，諜報員也會這樣想啊？不，我失言了。」

半是自言自語的邁克先生回過神來看向我。

「我的問題就到這裡，謝謝妳的協助，如果妳對藥學有興趣，可以在瀋國和亞瑟閣下一起學習。」

「當然！我很想學。」

「嗯，我就知道妳會這樣說，期待妳在瀋國的表現。」

「請問你是希望我竊取什麼機密嗎？如果是的話我已經……」

邁克先生哈哈大笑。

「不是，我的意思是妳正常學習、正常和瀋國人交流，然後能吸收多少就吸收多少吧。啊啊，對了，忘了講重要的事了。你們五年後回國還是可以與以前的朋友見面，亞瑟閣下回國後會升為子爵，哈格爾總不會蠢到來謀害我國貴族的夫人，代價太大了。」

我問他為什麼他們要為曾是諜報員的我做這麼多，邁克先生說：

「講這個會害我丟掉工作，妳就當作是某個人物的意思吧。」

他並沒有告訴我答案。

辦好我與傑佛瑞的結婚手續後，我獲得了新的經歷、新的身分證和新的姓氏。我們還收到一封宰相給船長的信函，以及一封要交給收留我們的瀋國家族的信函。

「邁克先生，我曾經出席過王城晚宴，當時我自稱是蘭德爾人啊。」

這件事一直讓我耿耿於懷。

「這樣說可能有失禮貌，但是妳不太容易讓人留下印象，若是只有一面之緣的人，妳只要堅稱『認錯人了吧』就好。而且知道安娜小姐就是維多利亞的只有我和上司，陛下、宰相和王太子殿下在晚宴上都只有遠遠瞄到妳一眼。」

邁克先生的上司似乎沒有告訴陛下和宰相我的真實身分，為什麼呢？

我差點就要說出「喜多力克公爵認識我」，不過這等於是主動透露出害他骨折的是我，因此我就此打住。

「別看傑佛瑞先生這樣，他也很在行文書處理的，期待你們歸國。路上小心，加油。對了，安娜小姐。」

「什麼？」

「恭喜妳。」

不知道他是在恭喜我「脫離組織」還是「結婚」，總之我微笑一鞠躬。

在搭船的前一天，傑佛瑞辭去了做不到一年的保安管理官職務回家，喜多力克公爵好像直到最後一刻都很捨不得他。

出航的時間到了，船隻緩緩轉換方向，出海而去。

「媽媽！妳看。」

「嗯？」

飛舞著一頭金髮的諾娜從甲板上跑了過來，跑到一半她跳起來，騰空轉圈後漂亮落地。

「呵呵呵，厲害厲害！」

我拍拍手，看到傑佛瑞從諾娜背後走過來。

我抵達艾許伯里王都第一天遇見的女孩現在是我女兒，擔任我保證人的騎士團長先生現在則是我的丈夫。

身為人夫的傑佛瑞很愛瞎操心，他想常伴我左右，我總是受到他的保護與寵愛。

「媽媽！」

諾娜緊緊抓住我。

「妳很開心耶，諾娜。」

「去濬國和搭船都很快樂！」

濬國船員來到甲板上向我們攀談，船員操著一口流利的艾許伯里語。

「夫人，你們餐點方面有什麼需求嗎？」

「我、先生和女兒什麼都吃，跟大家一樣就好。」

「濬國的食物很美味喔，敬請期待。」

「好！」

聽說船隻是沿著陸地航行，沿途一邊補給糧食與飲用水，一邊朝濬國邁進，航程可能超過兩個月。要是船上有堆放書籍，我想要至少把濬語的讀寫能力學一點起來。無論何時，學習新的外文總是讓我躍躍欲試。

「安娜，吹海風會著涼的。」

「你真的是喔，現在是夏天，海風吹起來很舒服啊。」

「是嗎？那太陽不要曬太久。」

「爸爸太愛操心了！」

從傑佛瑞說他要當諾娜父親的那天起，諾娜就大大方方叫起他「爸爸」。

「傑佛瑞變成爸爸，跟妳買藍色緞帶給我一樣開心。」她說。我們說要去遙遠的國度生活五年，她也沒有半點遲疑。

「有媽媽在就沒事，有爸爸在就更沒事。」

她笑說，態度非常之乾脆，讓人擔心她究竟是不是真心的。

「我回來之後要教克拉克少爺潘國語言！」

「他一定會說『我也想學會怎麼講』。」

海上之旅一帆風順，也沒有暴風雨來襲的跡象。

「傑佛，我真的得到自由了啊。」

「嗯，對啊。」

傑佛瑞從後面把我整個人緊緊環抱住，我們兩人不發一語，靜靜眺望著大海與天空。

諾娜往我們中間鑽啊鑽，擠進來抱住我，我們三個人都笑了。

在船行十天左右的某一天。

我和諾娜上甲板看夕陽沉入海中的情景，諾娜面向大海開始說：

「很久之前，我獨自坐在廣場的時候其實就知道自己被拋棄了。那個時候，媽媽也像這樣跟我在廣場一起待到了傍晚。」

諾娜說到這裡之後面向我。

「我還沒說過謝謝，因為那個時候我知道的詞很少。媽媽，謝謝妳在逃亡中還是救了我，謝謝妳做好吃的羊肉給我，謝謝妳買藍色緞帶給我，謝謝妳當我的媽媽。」

我摸摸諾娜的頭，只能一直「嗯」個不停。

夕陽沉入海中，只留下一點點餘暉，夜幕即將拉起。

如果沒有諾娜，現在的我已經沒命了，不知道暗殺指令已出的我，肯定會大搖大擺回特務隊然後慘遭毒手。

「喔，妳們都在這裡啊？進來裡面吧，晚餐時間到了喔。」

「好。」

「好～爸爸。」

珍惜家人，好好生活。

與有緣人長相往來。

讓自己派上用場。

還有很多很多，這次的旅途，我一定要將人生中的不足之處慢慢彌補起來。

我將背後寄託給傑佛，同時牽著諾娜往船艙走去。

無論未來發生什麼事，我都立志要保護我的家人到底。

沒問題的，因為我有千奇百招可出。

怕痛的我，把防禦力點滿就對了 1~15 待續

作者：夕蜜柑　插畫：狐印

對抗戰進入白熱化連頂尖玩家也退場！
敵軍將梅普露設為頭號目標還以顏色！

嚴苛無比的大規模對抗戰開始還不到一天就白熱化，連頂尖玩家也一個接一個地退場！只以梅普露、莎莉、芙蕾德麗卡等三人執行的閃電戰術，使敵陣大為混亂。

認識到梅普露果真是頭號目標後，敵軍也還以顏色……！

各 **NT$200~230/HK$60~77**

新說 狼與辛香料

狼與羊皮紙 1~8 待續

作者：支倉凍砂　插畫：文倉 十

寇爾與繆里前往各方顯學雲集的大學城
當地竟爆發教科書戰爭！

寇爾和繆里為了繼續推行聖經的印刷大計，離開溫菲爾王國前往南方大陸的大學城雅肯尋求物資與新大陸的消息。寇爾當流浪學生時，曾在雅肯待過一陣子。如今城裡爆發了將其撕裂成兩部分的亂象，且中心人物的別名居然是「賢者之狼」——？

各 **NT$220~300/HK$70~100**

菜鳥鍊金術師開店營業中 1~5 待續

作者：いつきみずほ　插畫：ふーみ

採集家入冬停工導致店裡生意門可羅雀
此時卻有皇族貴賓登門委託!?

約克村的採集家們到了冬天會暫停工作，導致店裡生意門可羅雀。此時忽然有一位皇族貴賓登門拜訪。珊樂莎等人無法拒絕皇族的要求，只好前往危險的雪山採集需要的材料，卻遭到魔物攻擊！而且這場襲擊的幕後主使者竟是領主吾豔從男爵!?

各 **NT$240~250/HK$80~83**

不起眼的我在妳房間做的事班上無人知曉 1~2 待續

作者：ヤマモトタケシ　插畫：アサヒナヒカゲ

開始注意你之後，無論何時你都在我心裡⋯
開朗美少女向不起眼的他發動猛攻！

遠山佑希獲得班上的風雲人物麻里花的青睞，她不但和佑希一起上下學，佑希還收到親手做的便當，她熱烈地吸引佑希的注意！另一方面，柚實執著於與佑希的身體關係，煞車卻漸漸失靈？此時柚實的姊姊伶奈開始出手干涉錯縱複雜的他們三人⋯⋯

各 **NT$220~250/HK$73~83**

不時輕聲地以俄語遮羞的鄰座艾莉同學 1~4.5 待續

Kadokawa Fantastic Novels

作者：燦燦SUN　插畫：ももこ

政近中了有希的催眠術而成為溺愛系型男？
描寫學生會成員夏季插曲的外傳短篇集登場！

艾莉進行超辣修行而前往拉麵店，遇到一名意外人物？想讓艾莉穿上可愛的泳裝！解放慾望的瑪夏害得艾莉成為換裝娃娃？又強又美麗的姊姊大人茅咲，與會長統也墜入情網的過程——充滿夏季風情的外傳短篇集繽紛登場！

各 **NT$200~260/HK$67~87**

續·魔法科高中的劣等生

魔法人聯社 1~5 待續

作者：佐島 勤　插畫：石田可奈

在聖遺物「指南針」的引導下
達也將前往古代傳說都市「香巴拉」！

從USNA沙斯塔山出土的「指南針」或許是古代高度魔法文明都市香巴拉的引路工具。認為香巴拉遺跡或許位於中亞的達也，前往印度波斯聯邦。此時逃離警方強制搜查的FAIR首領洛基·狄恩卻接見來自大亞聯盟特殊任務部隊「八仙」之一……

各 **NT$200~220/HK$67~73**

異修羅 1～4 待續

作者：珪素　插畫：クレタ

為求真正勇者之榮耀，寶座爭奪戰白熱化！
2021年《這本輕小說真厲害》雙料冠軍！

決定「真正勇者」的六合御覽，接下來輪到第三戰，柳之劍宗次朗對決善變的歐索涅茲瑪。面對一眼就能看出如何殺害對手，身懷連傳說都只能淪落為單純事實之極致劍術的宗次朗，充滿謎團的混獸歐索涅茲瑪所準備的「手段」則是──

各 **NT$280~300/HK$93~100**

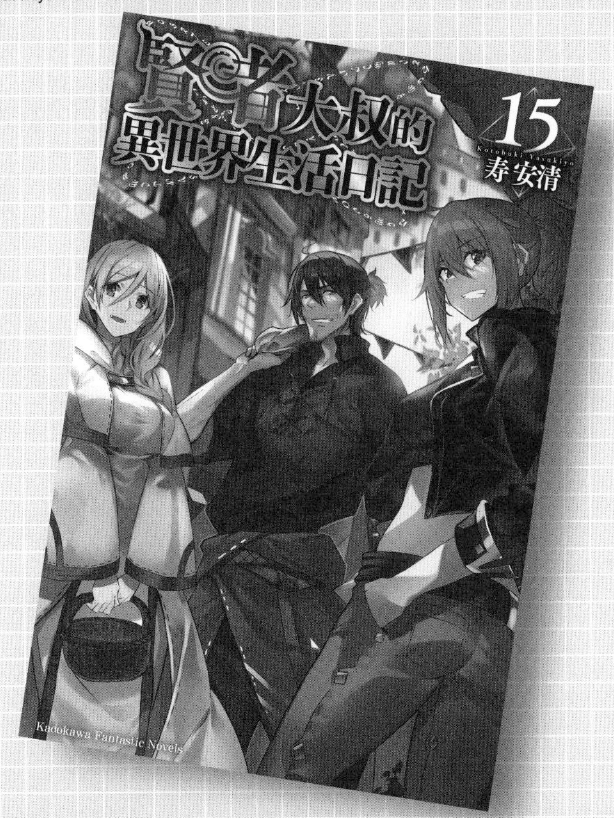

賢者大叔的異世界生活日記 1~15 待續

Kadokawa Fantastic Novels

作者：寿 安清　插畫：ジョンディー

大賢者傑羅斯×（正妹修女＋正妹傭兵）＝開心又害羞的第一次約會♪

傑羅斯一行人在廢礦坑迷宮裡與舊時代的多腳戰車展開一場死鬥，又遭到生物兵器襲擊，他們被迫經歷了一場超乎想像的大冒險後平安從迷宮歸來了。接著初夏時節即將來到，患有戀愛症候群的傑羅斯、路賽莉絲和嘉內三個人要一起去約會！

各 NT$220~240/HK$73~80

自從能夠讀取他人祕密後，
我的校園戀愛喜劇就此開演 1 待續

作者：ケンノジ　插畫：成海七海

弱小的路人甲變身為戀愛強者！
把高嶺之花和辣妹都悉數攻陷，EASY戀愛喜劇！

有一天，我變得能夠「看見」可說是他人祕密的「狀態欄」——高冷正妹其實愛搞笑!?巨乳辣妹其實很純情!?嬌小學姊其實很暴力!?我想趁機和以學校第一美少女聞名、偷偷單戀的高宇治同學加深情誼，卻發現她和學校第一花美男正在交往的真相……

NT$220/HK$73

除了我之外，你不准和別人上演愛情喜劇 1~6（完）

作者：羽場楽人　插畫：イコモチ

兩情相悅的兩人遇到最大危機!?
愛情喜劇迎向波瀾萬丈的完結篇！

經過文化祭上的公開求婚，我與夜華成為公認情侶。我們處於幸福的巔峰，然而情況急轉直下。夜華的雙親回國，提議一家人移居美國？夜華當然大力反對，但針對是否赴美的父女爭執持續不斷……只是高中生的我們，難道要被迫分離嗎？

各 **NT$200~270/HK$67~90**

國家圖書館出版品預行編目資料

奇招百出的維多利亞/守雨作 ; 陳幼雯譯. -- 初版. --
臺北市 : 臺灣角川股份有限公司, 2023.07-
冊 ; 公分. -- (Kadokawa fantastic novels)
譯自 : 手札が多めのビクトリア
ISBN 978-626-352-700-3(第1冊 : 平裝)

861.57 112007624

Kadokawa
Fantastic
Novels

奇招百出的維多利亞 1

（原著名：手札が多めのビクトリア1）

2023年7月24日　初版第1刷發行

作　者：守雨
插　畫：藤実なんな
譯　者：陳幼雯

發行人：岩崎剛人
總編輯：蔡佩芬
編　輯：黎夢萍
美術設計：黃永漢
印　務：李明修（主任）、張加恩（主任）、張凱棋

發行所：台灣角川股份有限公司
地　址：104台北市中山區松江路223號3樓
電　話：（02）2515-3000
傳　真：（02）2515-0033
網　址：www.kadokawa.com.tw
劃撥帳戶：台灣角川股份有限公司
劃撥帳號：19487412
法律顧問：有澤法律事務所
製　版：尚騰印刷事業有限公司
ISBN：978-626-352-700-3